がん闘病日記

お金よりずっと大切なこと

森永卓郎

MORINAGA TAKURO

まえがき

三五館シンシャの中野長武社長から、「森永さんの闘病記を読んでみたい」というメールをもらったのは、２０２４年3月のことだった。

正直言って、驚いた。私は、これまで百数十冊の本を書いてきたが、そのほぼすべてが経済関連書、もしくは権力者たちの利権や癒着や腐敗を糾弾し、そのなかで庶民がどのように生きていけばよいのかを考えるというものだったからだ。

自分のがん闘病記を書いても、読者に利益があるのか疑問だと私は思っていた。その理由は、私の現時点での診断は「原発不明がん」というもので、どこにがんの本体があるのかまったくわからない特殊なケースだからだ。がんの存在が明らかになってから半年近くが経とうというのに、いまだに本体がどこにあるのか、見当もつかないというのは、とても珍しいことなので、一般の人の参考にならないのだ。

ただ、冷静に考えて、読者の実利に結びつける必要はないのかもしれないと思うようになった。

たとえば、三五館シンシャの最大のヒットは日記シリーズで、銀行員とかディズニーキャストとか、電通マンとかが、自らの職場の実態を赤裸々に語るという内容になっている。

私はこのシリーズが大好きで、片っ端から読んでいるのだが、その内容が実利に結びついているかと言われたら、そんなことはない。あくまでも著者一人の価値観にもとづいて書かれたものであり、統計的な有意性を持っているわけではないからだ。ただ、偏りがあるとしても、著者の価値観にもとづく一貫した論述は、真に迫る説得力があって、読んでいて楽しい。

また、私がレギュラーを務めているニッポン放送の「垣花正《かきはなただし》 あなたとハッピー！」では、私の闘病状況を月曜日から木曜日まで毎日伝えている。そして、そこで私がしゃべった内容がほぼ例外なくネットニュースで配信される。これは世間が関心を持っているという証拠だ。

そして何より、中野社長からの頼みには応えないといけない。中野社長は、私にとって大恩人だからだ。２０２３年に『ザイム真理教』の原稿を書き上げて、付き合いのある大手出版社の編集者に見てもらったのだが、軒並み出版を断られた。いろいろな理屈がつけられていたが、「財務省を痛烈に批判する本を出版したら、税務調査が入ってきて、出版不況のなかで経営がもたない」というのが出版拒否の本当の理由だったらしい。

私は一時、出版自体をあきらめかけていたのだが、最後に一縷《いちる》の望みをかけて、中野社長に原稿を送った。

「これは、世に問う価値のある本だと思います」と即断即決してくれたのが、中野社長だったのだ。その中野社長の依頼に応えたいというのが、本書執筆の動機のひとつなのだが、もちろん一般読者にとっても、興味の持てる内容に仕立てたいと考えている。

とくに本書で読者に伝えたいことは、私は「死んでもいい」とは思っていないものの、延命にはこだわっていないということだ。

それは、いつ死んでも悔いのないように生きてきたし、いまもそうして生きているからだ。それが具体的にどういうことなのか。それをお伝えしたいというのが、本書のメインテーマだ。

がん闘病日記◎もくじ

装幀◎原田恵都子（ハラダ＋ハラダ）
イラスト◎大嶋奈都子
図版作成◎二神さやか
本文校正◎円水社
本文組版◎閏月社

第1章
突然のがん宣告

晴天の霹靂《へきれき》

「来春のサクラが咲くのを見ることはできないと思いますよ」

医師からそう告げられたのは、2023年11月8日のことだった。余命4カ月の通告だった。

それまで私は、数カ月に一度のペースで、近所の糖尿病専門クリニックに通って、定期検査を受けていた。糖尿病自体は、ライザップで行なった低糖質ダイエットの成果で、7年も前に完治していたのだが、念には念を入れて、検査だけはずっと続けていたのだ。

その検査で、糖尿病の主治医が「一度、人間ドックを受けたほうがよい」というアドバイスをしてくれた。私の体重が、平時よりも5キロほど減っていたからだ。

当時、私は仕事が集中していて、全国を飛び回っている状況だったから、体重減は過労が原因なのかなと思っていたのだが、主治医から強く勧められたので、人間ドックを受診することにしたのだ。

冒頭のセリフは、人間ドックで行なわれたＣＴ検査で撮影した私の体内画像を見ながら、家の近くの病院の医師が発した言葉だった。

ＣＴ（Computed Tomography）検査は、円筒形の装置のなかに体を滑り込ませ、周囲からＸ線をあて、体の中の吸収率の違いをコンピュータで処理し、体の断面を画像にするものだ。縦方向にも、横方向にも、連続的に体内の断面画像を表示できる仕組みだ。

撮影された画像には、肝動脈（肝臓に血液を送る血管）の周囲にモヤモヤの影が映っていた。医師の見立ては、それががんから浸潤《しんじゅん》してできたもので、すでに原発のがんから転移しているので、ステージⅣということになる。末期がんだというのだ。

私はにわかには信じられなかった。何しろ、なんの自覚症状もない。朝から晩までフル稼働で仕事をして、食事もモリモリ食べていた。ただ、事態は一刻を争うということで、翌日の11月9日から徹底的な検診を行なうことになった。血液検査、レントゲン、心電図、造影ＣＴ（薬剤を投与して、より詳しいＣＴ画像を撮影する）、ＰＥＴ検査、そして内視鏡検査などだ。

ＰＥＴ検査という言葉には馴染みがないかもしれない。ＰＥＴというのは、Positron Emission Tomography の頭文字を取ったもので、まず、検査を受ける人の静脈にＦＤＧと呼ばれる放射性フッ素を付加したブドウ糖を注射する。そして、細胞に取り込まれたブドウ糖量の分布を画像化するのだ。

がん細胞の最大の好物は糖分だ。だから、がん細胞は糖分が体に入ってくると、積極的に取り込む。その際、放射性フッ素も一緒に取り込んでしまう。その後、放射性物質に反応する特殊なカメラで撮影すると、がん細胞が集まっているところが光って見えるという仕掛けだ。

ＰＥＴ検査では、全身を撮影できる。つまり、すべての臓器の状況を見ることができるのだが、私の検査結果で、光って見えたのは胃とすい臓だけだった。

胃は強く光り、すい臓はそれよりずっと弱く光り、その他の臓器は、まったく光っていなかった。胃に関しては、もともと食物を消化する臓器なので、がんでなくても光りやすい傾向があるという。いずれにしても、がんの本体は、胃がんか、すい臓がんのどちらかだというのが、ＰＥＴ検査の結果だった。そこで内視鏡検査の際に、胃の組織を採取して、生体検査に回したのだが、がんは見つからなかった。

胃がんかすい臓がんの2つの候補があって、胃がんの可能性は低い。となると、消去法ですい臓がんということになる。

その推定に私は納得がいかなかった。理由は2つあって、ひとつはCT検査の画像を見た医師が、「すい臓はきれいなんだけどな」と言っていたことだ。

もちろん私も画像を見ていたのだが、たしかにがんに冒されて変形している様子はないし、病変も一切なかった。もうひとつの理由は、血液検査で、すい臓がんに反応する腫瘍マーカーの数値がほとんど上がっていなかったことだ。

そこで医師と相談のうえ、近くの大学病院で、再度精密検査をすることになった。12月15日のことだ。検査の中心は、超音波内視鏡の検査だ。

超音波内視鏡というのは、文字どおり超音波装置をともなった内視鏡を使った検査で、5～30MHz《メガヘルツ》という高い周波数の超音波を発生させて、高い解像度の観察を可能にする内視鏡だ。この内視鏡によって臓器の組織内部や周囲の臓器、血管、リンパ節なども見ることができる。また、病理検査のために、超音波内視鏡に取り付けた穿刺《せんし》を用いて、細胞を採取することも可能だ。そのことで、表面からではわからない粘膜の下に隠れた腫瘍も調べることができるのだ。

私の場合、胃の深いところ、さらにもっとも深いところからも組織を採取して、生体検査に回したのだが、がんはまったく検出されなかった。胃がんの可能性はほぼ消えたのだ。

一方、すい臓からは、組織採取をしなかった。私自身は、全身麻酔で眠っていたのだが、医師の判断で採取を止めたという。ひとつは、超音波内視鏡で丁寧に観察しても、すい臓に病変が一切見当たらなかったこと、そしてすい臓から穿刺で組織を採取すると、そのことが原因で、膵炎《すいえん》を起こしてしまうリスクがあることだった。

結局、がんの本体がどこにあるのか不明というのが、精密検査の結論だったのだが、病院の医師が下した診断は「すい臓がんステージⅣ」というものだった。

徹底的な胃の検査で、胃がんの可能性はほとんどない。だから、すい臓のどこかに、超音波内視鏡にも映らないがんが隠れているのだろうということだった。ふつうは、検査をすると、どこにがんの本体があるのか判明するのだが、がん本体がすっかり隠れてしまう非常に珍しいケースだというのだ。

私は性格的に疑り深いので、その結論を受け入れてよいのか、迷っていた。

そこにラジオで何度も共演した医師からアドバイスがあった。彼が勤務する東京の病院にがん診断の名医がいる。その医師にＣＴ画像を見せ、これまでの検査結果のデータを示せば、がんの正体がわかるはずだという。

12月18日、私は妻と一緒に東京の病院を訪れ、セカンドオピニオンの診断を聞いた。驚くことに、結論は、近くの病院の医師の診断とまったく同じだった。すい臓がんのステージⅣだ。私のなかでは、この日をもってステージⅣのすい臓がんが確定した。だから、これまでも12月18日をがん宣告を受けた日として公言してきた。

正直言うと、それでも私は納得していなかった。その後、がん治療を専門にしている病院で名医と呼ばれている医師にサードオピニオンを求めた。もっとも、そのときは私の体調がよくなかったので、妻がデータを持って、診断を仰いできた。結論は、またもや、すい臓がんのステージⅣだった。

３人の医師が口をそろえて同じことを言う。しかも、そのうち２人はがん診断の名医といわれる人だ。もはや素人の私があらがう理由はない。私はすい臓がんのステージⅣを受け入れることにした。その決断が、私の体に大きな衝撃を与えようとは、そのときは夢にも思っていなかった。

抗がん剤で死にかける

がんの治療は、摘出手術や放射線治療などもあるのだが、私の場合は、どこにがんがあるかわからないのだから、そもそも手術や放射線治療はできない。唯一の選択肢は、化学療法、つまり抗がん剤治療だった。

抗がん剤は、がんの部位によって種類が分かれている。私の場合は、「ゲムシタビン」という抗がん剤と、「アブラキサン」という抗がん剤の2種類を同時に点滴することになった。

主治医は「アブラキサンのほうが効果は高いが、副作用も大きいだろう」という話をしていた。ほぼ間違いなく髪の毛は抜けるし、吐き気を伴う可能性もある。そのほかにも、人によってさまざまな副作用が出てくるという。

ただ、私は楽観的に構えていた。もともと髪の毛は薄くなっていて、ふだんから帽子をかぶっていたし、我慢強い性格なので、少々気持ち悪くなっても大丈夫だと思っていたのだ。

抗がん剤の点滴を打つことになったのは、12月27日の水曜日だ。午前中、ニッポン放送の「垣花正　あなたとハッピー！」の生放送を終えて、そのまま電車で病院に直行した。

点滴を打つ部屋には、ずらりとリクライニングシートが並んでいて、7～8人の患者が抗がん剤の点滴を受けていた。苦しそうな表情を浮かべている患者は一人もおらず、私も軽い気持ちで点滴を始めた。案の定、体になんの変化もなく、「なんだ、簡単じゃないか」というのが、そのときの気分だった。

容体が急変したのは、その日の夜からだった。

気持ちが悪くなり、モノが食べられなくなり、寝込んでしまった。その後、体調はどんどん悪化し、最悪の状態に陥ったのは、2日後の12月29日だった。

このときは、1日でイチゴを3粒しか食べられなくなり、意識も朦朧《もうろう》としてきた。はた目にも、私の具合が相当悪いことは、はっきりわかったようで、妻は2人の息子を呼び寄せた。

当時のことを長男の康平は、「情報ライブ　ミヤネ屋」で次のように語っている。

母親に呼ばれて私と弟も家に帰りまして、父親を見たらぐったりしていて、かろうじて会話はできるんですけど、本当に体調が悪かったんだと思うんですよね。3日ぐらいイチゴ2〜3粒ぐらいしか食べてないと母親から聞いていたので、このままだと、がんがどうこうより餓死しちゃう可能性もあるので……。

父親はすごく頑固なので、「入院しろ」と言っても、しないだろうなと思ったら、父親が自分から支度を始めたので、たぶんそれくらい体調が悪いんだろうなと思いました。

康平の見立てのとおり、このときははっきりと「死」を意識した。三途の川が、はっきりと見えたのだ。

念のために書いておくと、抗がん剤がいけないと言っているのではない。大部分の人は、すい臓がん用の抗がん剤を打って気分が悪くなることはあっても、それが原因で生死の境をさまようようなことはない。要は、抗がん剤が私には合わなかったのだ。

朦朧とする意識のなかで、なぜ私が入院・治療を選択したのか。正直言って、そのとき頭のなかにあったのは、「何がなんでも新著を完成させて、世に問いたい」という思いだけだった。新著とは、その後、『書いてはいけない』と題して出版され、ベストセラーになった書籍だ。

夏ごろに書き始めて、本来は、年内に脱稿する予定だった。ところが予定外のがん宣告を受け、検査が重なったことで、最後の１割、結論部分が書き終わっていなかった。

なんとかしようと考えたのだが、抗がん剤を打ってから思考能力が落ちていたので、頭のなかで文章化することさえできなかった。

そこにひとつの情報が飛び込んできた。弱った体を元気に蘇らせる新薬があるというのだ。保険診療の対象とはなっていない点滴薬だが、妻と私のマネージャーが、薬の担当者の話を聞いて、「信ぴょう性があるのでは」ということになった。残念ながら、薬を提供するクリニックのほうから「患者が殺到すると対応ができない」という理由で、新薬の名前を明らかにすることはできないのだが、私は可能性に賭けてみることにした。

これが「当たり」だった。たまたま私の体に合っていたのだと思うが、夕方に点滴を受けて、翌朝には、思考能力が戻り、ふつうに会話ができるようになった。

もちろん、新薬は「気付け薬」のようなもので、抗がん剤ではないから、がんの治療に直接つながるものではないのだが、この新薬で一命をとりとめたことは事実だった。

そして、その1週間後から、私は東京の総合病院に2週間の入院をすることになった。がん治療のためではない。治療ができるように、まず体力を取り戻すためだ。

実際、私の体はボロボロだった。入院当初は、車椅子で移動していた。そして、血液検査の結果、私の免疫量は、ふつうの人の5分の1くらいに落ちていた。とても危険な状態だ。そんな状態で新型コロナなどの感染症にかかったらイチコロだ。だから、とりあえず隔離して、体調を戻す必要があったのだ。

それまでの人生で、私は入院したことがなかった。治療の準備で、一晩だけの入院したことはあったが、それ以外、医師から入院を勧められても、全部拒否してきた。そもそもあれこれ拘束されるのが大嫌いなうえに、食事の選択肢もなくなり、好きなたばこも絶対に吸えない。そんな生活は耐えられない。

ただ、このときは命がかかっているから「2週間だけ」という条件で、入院をすることにしたのだ。

初めての長期入院

年が明けた2024年1月7日から、私は東京の病院に2週間の入院をすることになった。最大の目的は、抗がん剤でボロボロになってしまった体調をがん治療に耐えられるところまで戻すことだった。

だから、治療をするというよりも、まず十分な休息を取り、安静にして、体調を戻さないといけない。そして、免疫が極端に落ちていたから、安全な環境下で感染症を予防することも大きな目的だった。

ところが、実際に入院してみると、そう簡単に休むことはできなかった。

さすがにテレビに出演することはできないので、すべて休ませてもらうことにしたのだが、考えることとしゃべることはできるので、6本あるラジオのレギュラー放送はそのまま継続することにした。生放送のニッポン放送、文化放送、TBSラジオは、病室からリモートで出演した。とくにニッポン放送は、月曜日から木曜日まで、毎日の出演だったから、病室は私の声であふれる。当然、大部屋でそんなことはできないから、1泊2万円強の差額ベッド代を支払って、個室に入った。

個室に入ったもうひとつの理由は執筆だ。当時の私は14本の連載を抱えていた。そのうち書評の原稿だけは、本を読む体力がないので、1カ月だけ休みをもらうことにして、その他の原稿は、通常どおり執筆することにした。病室にパソコンを持ち込んで、キーボードを打ち続ける。そんなことを大部屋でやったら、すぐに苦情が来てしまうだろう。

ラジオと執筆だけで、入院中はそこそこ忙しかったのだが、そこに輪をかけたのが、病院スタッフとのコミュニケーションだった。

入院した病院の看護師は、8時間ごとに交替する3交替制だった。勤務終わりには、看護師が退勤のあいさつに来て、次の看護師は出勤のあいさつとともに、まず私の状況を知るために検査をする。血圧、体温、血中酸素濃度、血糖値の計測は必須で、1日に1~2回は血液検査もあった。そして、医師の検診もある。主治医の消化器内科の医師だけでなく、抗がん剤治療の医師など数人の医師が問診にやってくる。ありがたいことに院長も毎日来てくれた。さらに、薬剤師、リハビリ担当の理学療法士、部屋の清掃担当者もやってくる。看護師は、勤務途中でも私の様子を見に来るから、私の部屋は医療関係者がしょっちゅう来ている状態になっていた。

一般の見舞客は、感染症予防の観点からすべてお断りしていたが、洗濯物や日常生活で足りないものを持ってくるため、妻は自宅から2時間以上かけて、ほぼ毎日病室を訪ねてくれた。

つまり、私の病室は、日中は大賑わいだったのだ。そのため、原稿執筆が間に合わず、夜になってみんなが寝静まってから、パソコンのキーボードを叩くというのも日常茶飯事だった。

ただ、私を一番悩ませたのが点滴だった。水分不足を補うための生理食塩水をはじめ、タンパク質不足を補うためのアルブミンなど、私は複数の点滴を毎日受けていた。少しでも熱が出ると、感染症を発症しないように、先手を打って抗生物質の点滴も受けた。しかも、点滴のスピードが恐ろしいほど遅かった。

たとえば、1本の点滴を6時間くらいかけて打つのだ。その結果、日中は、私の体につねに点滴のチューブがついている状態になった。「スパゲッティ症候群」という言葉があるが、本数は少ないものの、同じような状態に置かれたのだ。看護師に「もっと速いスピードで点滴を落としてもらえませんか」と頼んだのだが、体力が極端に落ちているため、体に負担のかかることはできないと断られてしまった。

点滴パックをぶら下げた器具を転がしながら、部屋のなかにあるトイレに行くことはできるのだが、移動するのはそのときだけで、私は24時間ベッドにじっとしている生活になった。

それだけ厳格な管理体制のおかげで、私の体調は順調に回復していった。入院当初は3分の1ほどしか食べられなかった病院食も、10日目くらいから完食できるようになった。

ただ、同時に入院生活は、私のなかに大きなストレスをため込んでいった。

もともと私は、好きなものを食べ、飲みたいものを飲み、言いたいことを言って生きてきた。一番嫌いなことは、不自由だ。もちろん完全に自由が奪われていたわけではない。たとえば、妻が病院にやってきたときに、売店でアイスクリームや甘い炭酸飲料を買ってきてもらって、食べたり、飲んだりした。ただ、そうすると途端に血糖値が上昇して、看護師にインシュリンを打たれてしまうのだ。

そして、私にとって最大のストレスとなったのが、点滴の針を入れることだった。

じつは私は特殊な体質で、注射針を刺すと、血管がすっと逃げてしまう。だから、ベテランの看護師でも、１回で血管に針を入れることができる確率は３分の１くらいだ。運の悪いときは、失敗が何度も続く。血管に針が届かなかったときに、針を刺したまま血管を探されてしまうと、思わず叫んでしまうほど痛い。それを毎日、朝から晩まで繰り返す。いくら私が我慢強くても、耐えきれないほどの苦痛だ。入院も終盤にくると、私の両腕は、点滴の針で作られた傷だらけになって、もはや点滴を打つ場所がないくらいの状態になっていた。

精神的、肉体的限界

私にとって唯一の希望は、２週間という入院の期限だった。自分でやると言った以上、その期限までは、どんなに苦しくても耐えないといけないが、それをすぎれば自由の身だ。

退院の前夜、私は夢を見た。

私は、畑のなかにポツンと存在する納屋のなかにいた。納屋の壁には、真ん中あたりに細いスリットがぐるりと１周入っていた。そして突然、そのスリットから鉄パイプが伸びてきて、私を突き刺そうとする。身をかわすと、今度は別方向から鉄パイプが伸びてくる。やがて、四方八方から鉄パイプが伸びてきた。私は、その鉄パイプをつかんで「ウォー」という雄叫びをあげた。

それは夢のなかにとどまらず、実際の声になった。私の叫び声が、病棟に響き渡ったのだ。

その声に驚いた当直の看護師が飛んできて、「大丈夫ですか」と聞いた。私は、「大丈夫です」と答えたが、もちろん大丈夫ではなかった。私は精神的に限界に来ていた。

翌日の1月19日、待ちに待った退院の日を迎えた。次男が運転するクルマで、妻が迎えに来てくれた。病院に到着したという連絡が来たあと、しばらく経っても妻は病室に現れなかった。いったいどうしたのだろうと心配してから30分ほど経って、ようやく妻と次男が病室に現れた。ただ、そこには院長と医師、そして病院スタッフが一緒だった。

院長が切り出した。

「まだ、体調が完全に戻ったわけではありません。もう少しだけ入院期間を延長することを強く勧めます」

じつは、病院に到着した妻と次男を別室に招いて、入院期間を延長するよう説得していたのだ。

その説得に対して、妻や次男はこう答えたそうだ。

「それは、本人が決める話で、われわれがどうこうできる問題ではありません」

家族の説得に失敗した病院は、今度は私を直接説得に来たのだ。

「誰がなんと言おうと、雨が降ろうが槍が降ろうが、いますぐ退院します」

私は絶対にゆずらなかった。

精神的に完全な限界に来ていたし、肉体的にも限界が訪れていた。ずっとベッドに縛り付けられていると、筋力がどんどん落ちていく。それは、自分でも感じていたのだが、たった2週間で、歩けなくなるほど筋力が落ちるとは思っていなかった。

実際、入院するときには、体調不良で車椅子での移動だったのだが、退院するときは、筋力が衰えて、再び車椅子での移動を余儀なくされていたのだ。

私は7年間もライザップのトレーニングを受けていたので、筋肉の作り方はよくわかっている。ただ、免疫が落ちて、体調不良のなかで、トレーニングをやることはできなかった。

ちなみに退院後、なるべく歩くようにして、少しずつリハビリを続けているのだが、現在の市役所の認定は、「要介護3」になっている。

介護度は、要支援1、要支援2、要介護1〜5の7段階に分かれている。私の状態は上から3番目、介助がないと日常生活が送れないレベルだ。水平移動はある程度できるのだが、階段をのぼるのは、10段くらいで一度休まないといけない。移動は数百メートルが限度で、それ以上歩くと疲れてしまう。また、着替えも長い時間をかければできるのだが、風呂に入るときなどは、妻に服を脱がせてもらって、着させてもらっている状況だ。

もし入院期間を延長していたら、ますます筋力が落ちて、動けなくなることは確実だった。

次男が運転するクルマで埼玉の自宅に向かう途中、私は昼食を「すたみな太郎」で食べたいと言った。焼肉と寿司の食べ放題の店だ。

妻も次男も反対した。食べ放題の店に行っても、食べられるはずがないというのだ。そんなことはわかっていた。しかし、病院食のストレスに取りつかれた私は、いろいろなものを食べてみたかった。

妻と次男を押し切り、半ば強引に「すたみな太郎」に入った私は、一番小さな肉片を数種類、数本の焼きそば、スプーン数杯分のカレーなど、ほんの一口分ずつトレーに取ってきて食べた。自由の味がした。

ちなみに、私はいまもたばこを吸っている。1日5本程度と、がんになる前の4分の1ほどに減ったが、たばこをやめる気はない。もちろん、すべての医者が「たばこをやめなさい」と言ってくる。百害あって一利なしだというのだ。

たしかに、厚生労働省によると、喫煙者の平均寿命は非喫煙者よりも3・5年短くなっている。統計的にはそのとおりなのだろうが、じつはたばこが体に及ぼす悪影響は、病理学的には完全に解明されていない。ヘビースモーカーだった世界的なピアニスト、フジコ・ヘミングさんが亡くなったのは92歳、同じくヘビースモーカーだった作曲家のすぎやまこういちさんが亡くなったのは90歳だった。たばこが本当に毒だったら、そこまで長生きできるものだろうか。喫煙者の寿命が短いことには、非喫煙者とくらべて喫煙者は健康に無頓着な人が多いことが影響している可能性もある。

そもそも「禁煙しろ」というのは、非喫煙者の発想だと思う。喫煙者が禁煙をすれば、大きなストレスがかかる。それは免疫力の低下に直結しかねない。また、禁煙でイライラしていたら、何も創造的なことができなくなってしまう。

すぎやまこういちさんとは、亡くなる数年前にお話しする機会があったのだが、「ボクの音符はたばこの煙でできている」とおっしゃっていた。たばこがなければ、ドラゴンクエストの壮大な音楽は生まれなかったのだ。

マスメディアへの公表

最初の抗がん剤投与を行なった12月27日の朝、私はレギュラーコメンテーターを務めるニッポン放送の「垣花正　あなたとハッピー！」の番組冒頭で、すい臓がんのステージⅣであることをリスナーに報告した。

関係者への根回しのために、もう少し時間が欲しいというスタッフの意見はあちこちからあったのだが、私は早期の公表にこだわった。

隠し事をしていると、それを守るためにウソを重ねないといけなくなる。また、この日に抗がん剤を打つのだから、その様子を見た人からメディアに通報されて、おかしな形で情報が伝わることを避けたかったのだ。

同時に報道機関には、業務委託をしているマネジメント会社が作ってくれたプレスリリースを送付した。

私は、努めて冷静に、明るく報告したのだが、その後、大きな騒動につながった。

プレスリリースは、次のようなものだった。

２０２３年12月27日
有限会社モリタク
森永卓郎のご報告

平素は大変お世話になっております。

このたび、経済アナリスト：森永卓郎が、膵臓ガン（ステージ４）と診断されたことをご報告申し上げます。

森永本人が本日生出演した「垣花正　あなたとハッピー！」（ニッポン放送）内にて発表いたしました。

11月に受けた人間ドックにて異常が見つかり、その後、病院にて検査を受けた結果、膵臓ガンのステージ4と診断されました。

診断前までの身体の異変は若干の体重減少があった以外は特に変化はなく、現時点での症状は食欲の低下がある程度で、日常生活に支障は起きておりません。

早々に、抗がん剤による治療を開始する予定ですが、外来で行なうため、入院の予定はございません。

現在の仕事への影響はございません。レギュラー番組やすでにお引き受けした番組については、問題なく出演を続けております。

ただ、新規のお仕事については、今後の展開が十分見通せないため、一時的にお引き受けすることを停止しております。

本人の希望もあり、プライベートなことでもあるため、上記以外の質問にはお答えしかねますこと、ご了承ください。

関係者の皆様、応援して下さっている皆様に心配をおかけすることとなりますが、今後共、変わらぬご支援のほど、何卒宜しくお願い申し上げます。

有限会社モリタク

マスメディアからは、取材要請が殺到したのだが、何しろ治療を始めたところだったので、先行きの見通しは流動的だった。しかも、検査や治療で時間的余裕がなかったので、2月いっぱいまで、すべての取材は遠慮してもらうことにした。

ただ、非常に驚いたのは、私のメールアドレスに治療のアドバイスが殺到したことだった。

第2章

殺到する「がんの治し方」

私のメールアドレスには、ふだんから1日100通以上のメールが来る。がんの公表後、それが倍増した。

もちろんお見舞いや励ましのメールも数多くあったのだが、それをはるかに上回るペースで、治療のアドバイスが寄せられたのだ。その勢いは、その後、5カ月以上経っても続いている。

アドバイスの内容は千差万別だったが、類型化すると以下のように整理される。

精神論――「がんの治し方」アドバイス❶

まずは精神論だ。治療のためには、前向きの気持ちを捨ててはいけない。だから常に希望を持てるように、毎日「太陽を拝むべき」、「わっはっはと笑うべき」といったものだ。

前向きの気持ちが大切だというのは全面的に賛成なのだが、私にはなぜ太陽を拝むと前向きになれるのかはよくわからない。

宗教の力を借りるべきだというアドバイスもたくさん来た。

「ご先祖さまに祈れば救われる」といった独自宗教や、知名度の低い新興宗教、そこそこの知名度のある新興宗教への入信が勧められた。勝手な想像だが、そのことで私ががんの克服に成功したら、それを教団の宣伝材料にしたいのだろう。

そして、仏教やキリスト教といった確立した宗教からのお誘いもあった。

ちゃんとした宗教だから、アドバイスはしっかりしているのだが、私が違和感を禁じえなかったのは、「あの世での幸福を得るために祈りなさい」としていたところだ。

私は、あの世の存在を信じていない。いまの人生が終わったら、元の木阿弥《もくあみ》、何一つ残らないと考えている。それではなぜ、宗教があの世の存在をアピールするのかというと、信者に現世での幸福をもたらそうと考えているからだ。

ほとんどの信者はつらい人生を送っている。それを直接改善することは、どんな宗教でも容易ではない。そこで「いま祈っておけば、来世での幸福が訪れますよ」と言って希望を与える。その希望が信者の現世での生きがいとなって、現世もまた幸福になるのだ。

ところが、私は来世の存在を信じていない。現世の暮らしも、やりたいことをやってきた。だから、現世での暮らしがつらいとか苦しいとか感じていないのだ。そうした人間に宗教は不要だ。

ただ、ちょっとだけ嬉しかったことがある。それは多くの人がお守りを送ってきてくれたことだ。いま私の寝室には、送られてきたお守りがずらりと並んで吊り下げられている。

最初にお守りを送ってきてくれたのは、上島竜兵さんの奥さまの広川ひかるさんだった。ラジオで一度共演させていただいた関係だ。お手紙には書いてなかったが、おそらくご主人を亡くされた経験を踏まえて、私に生き延びてほしいと思われたのだろう。

お笑い芸人のみほとけさんは、わざわざ奈良の大安寺《だいあんじ》に出かけて、祈禱《きとう》を受けたお札を持ってきてくださった。みほとけさんは、お笑い芸人であると同時に仏教の専門家で、大安寺はがん封じで有名なお寺だ。ちなみに、御祈禱はサブスク方式になっていて、お寺に電話などで連絡すると、1年のあいだ何度でも祈禱を繰り返してくれる仕組みになっているそうだ。

お守りやお札がありがたいのは、場所を取らないことだ。千羽鶴を送ってきてくれた人もいるのだが、自宅には飾るスペースがないため、事務所に飾っている。

もうひとつ、お守りのありがたいところは、送り主に打算がないことだ。

多くの人が、お守りでがんが治るとは考えていない。だから、仮に私のがんが治癒したとしても、「自分が送ったお守りのおかげでがんが消えた」というアピールはできない。

つまり、お守りに込められているのは「治ってほしい」という純粋な気持ちだけなのだ。

飲食物――「がんの治し方」アドバイス❷

一番多かった具体的なアドバイスは「これを摂取すれば、がんが消える」という飲食物だ。

第一は水だ。

奇跡の水というのが、日本には複数存在する。天然ものと人工ものの双方があるのだが、天然ものの場合、古くから健康によいとされてきた湧き水が多い。

一方、人工ものの代表選手は重曹クエン酸水かもしれない。

一応、水が効果を発揮する理屈は付けられていて、抗菌・抗ウイルスの効果を持っているというケースが多い。ただ、がんは細菌やウイルスが原因ではないので、何か筋が通っていない気がする。

重曹クエン酸水の場合は、細胞外のpH《ペーハー》をアルカリ性にすることで、がん細胞の増殖が抑えられるのだという。そんな単純かつ低コストの処方でがんを抑制できるのなら、なぜ医療現場で広がらないのか不思議だ。それに未知の液体を飲む勇気が、私にはなかった。

正直言うと、重曹クエン酸水だけは、危険性はないと判断し、一口だけ飲んでみた。ただ、それだけでやめた。まずかったからだ。

第二は、ビタミンだ。

ビタミンCとビタミンDを推奨する人が多かったが、そのほかにもビタミンはこんなにたくさん種類があるんだと驚くほど、さまざまなビタミンが推奨されてきた。

ビタミンの派生で、ビタミンを多く含むフルーツを食べろとか、ジュースを飲めという提案も多かった。

ビタミンCはがん細胞の主食であるブドウ糖と構造が似ているので、大量のビタミンCを摂取すると、がん細胞がブドウ糖を取りにくくなるということが、効能の根拠になっている。そうしたことから、ビタミンのサプリメントも推奨された。

ただ、ビタミンCやビタミンDのサプリはドラッグストアに行くと数百円で手に入る。そんな安いコストでがんが克服できるのだろうか。

「医療界ががん治療で大儲けしているから、低価格の特効薬は目の敵にされている」という意見も寄せられたが、本当に劇的な効果があるのなら、がん患者のクチコミで急速に広がるのではないかと私は考えている。

第三は、キノコ、あるいはキノコからの抽出物だ。

たとえば、台湾に古くから自生するベニクスノキタケというキノコから抽出したアントロキノノールという成分は、コレステロール低下の効果があるとされているが、がんにも効果があるという説がある。

キノコは漢方薬でも使われているので、効果があるのかもしれないが、私は、聞いたこともない高額なキノコを食すことには、やはり抵抗がある。

第四は、種子系だ。

植物の種子のなかには、がん細胞だけを攻撃する成分が含まれているものがあり、種子の抽出物をサプリメントにしたものを服用すれば、がんは克服できるというのだ。ただ、ビワ、アンズ、ウメ、モモ、スモモ、サクランボなどのバラ科植物の種子には、アミグダリンやプルナシンという青酸を含む天然の有害物質が多く含まれていて、種子を加工した食品を大量に摂取すると、健康を害する危険性が高いと農林水産省は警告している。

小林製薬の紅麹サプリによる健康被害のニュースとタイミングが重なったこともあり、やはりこうしたサプリは怖くて手を出せなかった。

第五は、穀物や野菜だ。

たとえば、がん細胞の好物になる糖分を多く含む白米ではなく、玄米を食べるべきだという。米ぬかのなかに健康成分が含まれているからがんに効くのだそうだ。

野菜のなかでは、ニンジンやブロッコリーがよいという。ただ、ニンジンもブロッコリーも指定野菜で、多くの国民がすでにふつうに食べている。また、ブロッコリーは筋トレをする人の「主食」といってもよい存在だから、もし本当に効果があるのなら、筋トレをしている人はがんにかかりにくくなっていないとおかしい。

第六は、海藻だ。

これも、さまざまな海藻が登場するのだが、とくに「もずく」がよいという。もずくは私も好きなのだが、もし本当に効果があるのなら、沖縄県のがん死亡率が低くないといけないのだが、県別の死亡率ランキングをみると、沖縄の死亡率は真ん中くらいなのだ。

第七は、乳酸菌などの菌系だ。

乳酸菌そのものも、たとえばヨーグルトを食べるとよいとか、乳酸菌のサプリやドリンクもある。腸内細菌のひとつであるAD101株をサプリにしたものなどの推奨もあった。

第八は、キチン・キトサンだ。

キチン・キトサンというのは、カニやエビの甲羅などに含まれている物質で、通常は消化ができないのだが、脱アセチル化してキトサンにすると吸収できるようになる。免疫力強化の効果があると言われている。

これらのほかにも、たくさんの飲食物の推奨があったのだが、ほぼ共通しているのは、明らかに健康によくないとみられる飲食物は含まれていないことだ。

たとえば、「たばこをたくさん吸うとがんが治る」とか、「脂肪分の多い食品がよい」といったアドバイスは一切なかった。

つまり、野菜を中心としたヘルシーな食事を続けるのがよいということなのだが、それはがんの治療に限らず、ふだんの生活に関して医師が共通して勧めるライフスタイルだ。

また、複数の医師から「食べられている患者で死んだ人はいない」という話も聞いた。モノを食べて、それを消化し、栄養分を体中に行きわたらせるというのが、生きることの基本になっているからだ。

医食同源で、飲食物が重要であることはたしかだが、だからと言って、特定の飲食物ががんの特効薬となるとは、私には思えないのだ。

ただ、最近になって、ひとつだけ私が食生活を変えたことがある。それはヨーグルトを食べるようにしたことだ。医師が開発したヨーグルトというのがあって、がんへの効能を謳っているわけではないのだが、ヨーグルト自体が北欧ではずっと食べられてきた食品なので、摂取のリスクはまずない。ふつうに売られているヨーグルトとくらべるとかなり割高だが、医療費と比較したらケタ違いに安い。そして、私が毎日食べることにしたのは、通販で取り寄せて食べてみたら、非常に美味しかったからだ。「治療のためだ」といってまずいものを食べたり飲んだりするのは嫌だが、美味しいものは続けられる。がん治療のためでなく、食生活を彩るために食べているので、治療とは無関係の妻まで毎日一緒にヨーグルトを食べるようになったのだ。

体を温める――「がんの治し方」アドバイス❸

体を温めるのががん退治に有効だという説も複数寄せられた。

真偽のほどは別にして、がん細胞は熱に弱く、42℃を超えると死んでしまうというのだ。だから体を温めることを優先すべきだという。

がん細胞が42℃で死んでしまうかどうかは別にして、体温を上げると健康になるということは昔から知られている。

体が弱った人が温泉旅館に長期宿泊して湯治《とうじ》をするという風習は、日本でも古代から存在するから、一定の効果があることは事実だろう。

実際、私も冬場は「貼るカイロ」を体の前後につけていたし、風呂も長めに入るようにしている。週に1回は近所のスーパー銭湯に出かけて、温泉にも入っている。

ただ、それでがんが縮小したという証拠はいまのところない。

イベルメクチン――「がんの治し方」アドバイス❹

イベルメクチンは、2015年にノーベル賞を受賞した北里大学の大村智《さとし》教授とアメリカのメルク社の共同研究で開発された抗寄生虫薬だ。

イベルメクチンは、新型コロナウイルス感染症が拡大したときも、効果があるのではないかと言われたのだが、治験が行なわれた結果、有意な効果は見られないという結論になった。

そのイベルメクチンががん治療に大きな効果をもたらすという見立てが一部の医療関係者のあいだで広がっている。

実際、私の知人でも海外から通販でイベルメクチンを取り寄せて服用している人がいる。コストも安くて、副作用もほとんどないというのだ。

ただ、主治医に尋ねたところ、副作用は存在するそうで、効果もたしかではないということで、私は服用をあきらめた。

名医がいるクリニック――「がんの治し方」アドバイス❺

「この病院やクリニックにがん治療の名医がいて、多くの患者を救っている」という情報も数多く寄せられた。

わが家はトカイナカ暮らしで、提案された医療機関は、家から少なくとも数時間以上かかる場所ばかりだったので、受診しようとは思わなかったが、そもそもがん治療にブラックジャックのような名医が存在するのだろうか。

たとえば、手先が器用で、とてつもないスピードで正確な手術ができる脳神経外科医は存在している。がんの場合も手術で患部を摘出することはあるが、多くは抗がん剤による化学療法や放射線治療だ。そのときに、医師の技量によって、結果にとてつもない差が生まれるとは考えにくいのだ。

アドバイスしてくれる人の3タイプ

正直言うと、私のところに寄せられた大量のアドバイスのなかで、これはやってみようと判断した対策はひとつもなかった。

ただ、多くの人が極めて熱心にアドバイスをしてきてくれる。それはなぜなのか。アドバイスをしてくれる人は、おおまかに3種類に分かれていると思われる。

第一は、純粋に私の快復を祈っている人たちだ。

自分にできることは何かを考えて、その知識の範囲内で提言をしてくる。「この本を読んだらいいですよ」「このネット記事を見てください」というのが、典型的なものだ。

第二は、私を広告塔として利用しようと考えている人だ。

新興宗教のお誘いが典型だ。もし私が入信したあと、がんからの生還を果たしたとする。それは新興宗教にとって格好の宣伝材料になる。

一方、私が命を落としたとしても、入信したことを無視しておけばよい。つまり、ノーリスクの賭けになるのだ。

また、がん治療に関する「独自理論」を持つ人にとっても、私がその理論に従った治療を行なって快復したら、それは自身の理論が正しかったという証明になるので、大きな満足が得られる。

実際、私のところに届いた手紙のなかにも、「森永さんのがんをこの方法で治癒させれば、私の理論が正しかったことを世間に納得させることができるので、ぜひチャレンジしてほしい」と書いたものがあった。

とても正直な人だと思ったが、私は人体実験の材料ではないのだ。

第三は、がん治療ビジネスだ。

がんの自由診療には、高額の費用がかかることが多い。たとえば、健康食品でも、1つ数千円もするものは珍しくないし、奇跡の水でも、ペットボトル1本が1万円を超えるものもある。さらにマイクロウェーブでがん細胞を殺す温熱療法も、治療ワンセットで200万円を超えるサービスを複数のクリニックが提供している。明らかに高収益のビジネスだ。

そうしたところを私が利用して成功すれば、格好の宣伝材料にもなるのだ。

さらに月額負担が数万円程度という金額でも、マルチ商法を採用している健康食品メーカーがある。がんに効くという健康食品を買うためには、その会社に会員登録をしないといけない。会員登録をすると、自ら健康食品を定期購入する必要が出てくるだけでなく、健康食品を世のなかに普及させる義務を負う。そして、新規顧客を獲得すれば、メーカーから一定の報酬が支払われるという仕組みだ。

私はマルチ商法の片棒をかつぐ気持ちをまったく持っていない。

本当の効果はわからない

なぜ、がん治療に関して、こうした百家争鳴《ひゃっかそうめい》のような状況が起きているのかというと、がんの治療に関しては、まだまだわかっていないことが多いからだと思う。

実際、がんには特効薬がない。たとえば、A型インフルエンザの患者に治療薬のタミフルを投与すると、発熱期間を1日短縮するということが統計的に明らかになっている。また臨床面でいうと、大部分の患者が、投与後すぐに症状が改善すると医師は言う。

ところが、がんの場合はそうはいかない。

効果がすぐに出ることはないし、同じ治療をしても、患者によって効果を発揮する人としない人が明確に分かれるのだ。

実際、私のところに来た「この治療法が効く」というアドバイスの大部分が「私はこの方法でがんからの生還を果たした」とか、「私の知り合いがこの方法で治癒した」というものだった。サンプル数は１が大部分で、最大でも３だ。

私はこれでも社会科学者のはしくれで、これまで多くの調査の分析をしてきた。大雑把に言うと、少なくとも１００くらいのサンプルがないと、本当の効果はわからないことが多いのだ。

たとえば、新薬の治験を行なう際には、被験者を２つのグループに分けて、１つのグループにはなんの効果もない偽薬を与える。そして、もう１つのグループには新薬を与える。そして、両方のグループの症状改善に有意な差があるのかを検証する。

新薬に効果があるという仮説を立て、その仮説が間違いである確率を統計学ではＰ値というのだが、一般的にはＰ値が５％を切るようでないと効果は立証できないとされる。そして、このP値は、劇的な効果があるものほど、少ないサンプル数でも下がる特徴がある。がんの場合は、劇的な効果を持つ治療法がないのだから、効果の立証のためには、より多くのサンプルが必要になるのだ。

あくまでもイメージだが、ある治療法が効果を発揮する確率が2分の1だとしよう。悪くなる可能性も2分の1だから、効果はまったくないということになる。それでも世の中の人の半分は、この治療法で治ったと考える。仮に3人の人が、全員快復したとする。そうしたことが偶然起きる可能性は2分の1の3乗、すなわち8分の1だから、12・5%の確率で起きることになる。全体の1割以上のケースで起きるのだから、それを目の前にした国民が「効果がある」との声を上げれば、相当な数になるのだ。

もちろん、そうしたことをわかっていて、きちんとした医学論文を送ってきてくれた医療関係者もいた。

ただ、そうした論文を読んでみると、新しい治療法がもたらす5年後生存率の改善は、数%にとどまっている。劇的な効果はない。がん治療というのは、そういうものなのだ。

これは統計的に立証されたものではないのだが、ある医師に話を聞いたところ、がん治療薬として認められて、保険診療の対象にもなっているオプジーボでも、効果を発揮してがんが消滅する人は、全体の2割程度にとどまるという。8割の人を救うことはできないのだ。

そうしたなかで、入院によってある程度の体力回復に成功して、治療に立ち向かうことになった私は、どう行動したのか。話を私自身の体験に戻そう。

第3章 がん治療とお金

衝撃の血液パネル検査結果

東京の病院に入院中、私は病院近くのクリニックで「血液パネル検査」を受けることにした。

この検査は、私の血液からＤＮＡなどを取り出し、80種類ほどある「がん関連遺伝子」に変化があるかどうかを解析する検査だ。採血した血液サンプルをアメリカの検査機関に送付し、解析結果を送り返してもらう。この検査の結果で、がん本体がどこにあるのか見当がつく。

状況によっては、検査自体に保険が適用になる場合もあるのだが、当時の私の診断は、「すい臓がんのステージⅣ」で確定していたから、約50万円の検査費用が全額自己負担となった。また、検査結果が到着するまでは4週間ほどかかるという。

それでも私は検査をやることにした。心のどこかに、まだ「本当にすい臓がんなのか」という疑問が残っていたからかもしれない。

アメリカからの検査結果は、思いのほか早くもたらされた。そこで結果を聞くために、2月1日に、東京のクリニックに向かった。

結果は、衝撃的なものだった。

遺伝子の変異からみると、がんの可能性があるのは、乳がん、肺がん、血液のがんの3つだけだった。しかも、がんに罹患しているレベルの変異ではなく、がんの可能性があるというレベルだった。

そして、問題のすい臓がんだ。すい臓がんになると、KRASという遺伝子に95％の確率で変異が現れることが知られている。

ところが、私の検査結果でKRASには、一切変異が見られなかったのだ。つまり、私は95％の確率ですい臓がんではないということになる。もちろん、すい臓がんの可能性は5％残されてはいるのだが、ふつうに考えたら、すい臓がんではない。しかも、すい臓がんに反応する腫瘍マーカーの数字も低位に収まっていた（ちなみにマーカーの数字は3月に入ると、完全な正常値に戻った）。

じつは、医師はすい臓がんの判定が出ることを前提にして、すい臓がん用の新しい抗がん剤を準備していたという。

しかし、検査結果を受けて、診断が変更された。私の診断は「すい臓がん」から

「原発不明がん」に変更されたのだ。

息子の康平は「そもそも誤診だったのではないのか」と言った。しかし、私はそうは思わない。私はしぶとい性格なので、医師からサードオピニオンを聞いたあとも、複数の医師に診断当時のデータに基づいてどう診断するかを尋ね続けた。そして全員が「すい臓がん」と答えたのだ。つまり、診断を誤ったのではなく、そう診断するしかないデータだったのだ。

しかし、血液パネル検査の結果は、診断を根底から覆した。「すい臓がんでなくてよかった」と思われるかもしれない。だが、じつはこの診断変更は、私に大きな困難を突き付けることになった。

それまでは、すい臓に病変は見られないものの、原発はすい臓のどこかにあるという診断だった。

ところが、新しい診断では、原発がどこにあるのかまったくわからないということになった。それまでも手術と放射線治療はできなかったのだが、そこにすい臓がん向けの化学療法（抗がん剤治療）もできないことになってしまったのだ。

しかし、診断をした医師から思わぬ言葉が発せられた。

「原発不明がんの場合、保険適用でオプジーボが打てますよ」

オプジーボというのは、ノーベル賞を受賞した京都大学の本庶佑《ほんじょたすく》特別教授が発見した「がん免疫治療薬」だ。

抗がん剤は、直接がん細胞を攻撃して消滅させようとする。一方、オプジーボは、免疫の力を回復させることで、がんへの攻撃力を回復させる「がん免疫療法」の治療薬だ。

がん細胞は、免疫細胞の働きにブレーキをかけて攻撃から逃れているが、オプジーボはそのブレーキを解除する効果を持ち、免疫細胞が再びがんを攻撃できるようにする。

がん細胞軍団VS免疫細胞軍団

私は医学の専門家ではないので、あくまでもイメージとしてとらえてほしいのだが、私の頭のなかでは、がんという病気は、次のようなものとして整理されている。

人間の体のなかでは、新陳代謝のために、古い細胞のデータをコピーして、新しい細胞が作られる。その際、まれにコピーミスが起き、本来と違う細胞が生まれてしまう。それが、がん細胞だ。

がん細胞は、毎日、誰の体にも数多く生まれているが、それが問題になることは少ない。体のなかに存在する免疫細胞ががん細胞を攻撃し、消滅させてしまうからだ。

つまり、体の中では、つねに免疫細胞軍団とがん細胞軍団が対峙し、ふだんは免疫細胞軍団のほうが優勢なのだ。

ところが、なんらかの理由で免疫細胞軍団の力が弱まってくると、がん細胞軍団が一気呵成に攻めてくる。

がん細胞は、武器として泥団子を持っており、それを免疫細胞軍団にぶつけてくる。泥を浴びた免疫細胞は身動きができなくなり、がん細胞軍団が優勢になる。それががんの発病だ。

オプジーボは、免疫細胞が浴びた泥を洗い流す役割を持っている。泥がなくなって身動きがとれるようにして、再びがん細胞軍団との戦いの舞台に戻していくのだ。

免疫細胞軍団が、どれだけの力を持つのかは、軍団を構成する兵士の「健康度」にかかっている。

だから、野菜中心のヘルシーな食事をとったり、体温を上げたり、健康によいライフスタイルですごすと、免疫細胞軍団の健康度が上がり、力を強めることができるのだ。

もちろん健康度をどう高めたらよいのか、適合する対策は、兵士の個性によって異なる。だから、健康度を上げる治療法というのが、議論百出になってしまうのだ。

ただ、ひとつだけ付け加えておきたいのは、ある医師が「免疫力の3割は患者の気持ちだ」と断言していることだ。

「ダメだ、ダメだ」と言って暗くなっていると免疫はどんどん落ちていく。漫画『SLAM DUNK《スラムダンク》』の安西先生は「あきらめたら、そこで試合終了ですよ」と言ったが、そのとおりなのだと思う。だから、がん治療のアドバイスで、精神面を強調することは、それなりの根拠があることなのだ。

もちろん、精神を鍛えるだけでがんは克服できない。その意味で、治癒できるかは別にして、免疫細胞軍団のおよそ半数に効果を及ぼすとされているオプジーボは、画期的な治療薬なのだと思う。ただ、そのコストは相当高い。

当初、オプジーボはとても高価な治療薬だった。平均投与期間は5カ月程度と言われるが、総コストが数千万円にも及んでいた。いまは薬価が大幅に下がったが、それでも5カ月間の投与で、300万円程度の医療費がかかる。それが保険診療ということになれば、負担はケタ違いに小さくなる。

ここは知らない人も多いので、以下で、がん治療とお金の話をまとめておこう。

標準治療と自由診療

がんの治療には、莫大なお金がかかると思い込んでいる人が多い。

だから、がん保険には根強いニーズが存在する。

ただ、実際には、標準治療の範囲内で行なうのか、自由診療で治療を行なうのかによって、自己負担額は天と地ほどの差が出る。

まず、健康保険の適用が認められていない自由診療の場合、医療費は全額自己負担になる。

たとえば、毎月200万円の医療費がかかったとすると、200万円すべてを自腹で支出しなければならない。

唯一の救いは確定申告の際の医療費控除だが、医療費控除の上限は年間２００万円と決められているので、毎月２００万円の医療費がかかると、たった1カ月で控除枠を使い果たし、あとは純粋な全額自己負担になるのだ。

一方、標準治療の場合は、次の３つの優遇策がある。

①医療費の３割負担

②高額療養費制度

③医療費控除

健康保険の加入者は、医療費の３割を自己負担すればよい。後期高齢者で所得の低い人の場合は、１割から2割の負担で済む。

たとえば、一般のサラリーマンの場合、３割負担だから、２００万円の医療費がかかった場合でも、自己負担は60万円で済む。

また、健康保険には高額療養費制度というのがあって、70歳未満、標準報酬月額（年収を12で割ったもの）が53万～79万円の人の場合、１カ月の自己負担上限は16万７４００円＋（総医療費−《マイナス》55万８０００円）×１％となっている。

たとえば１０００万円の治療費がかかった場合でも、自己負担の上限は、

高額療養費制度

〈70歳未満の人の上限額〉

<table>
<tr><th colspan="2">適用区分</th><th>ひと月の自己負担上限額（世帯ごと）</th></tr>
<tr><td>ア</td><td>年収約 1,160万円～
健保：標準報酬月額（以下、標報）83 万円以上
国保：旧ただし書き所得 901 万円超</td><td>252,600円＋（医療費－842,000）×1%</td></tr>
<tr><td>イ</td><td>年収約 770万円～約 1,160万円
健保：標報 53万円～79万円
国保：旧ただし書き所得 600万円～901万円</td><td>167,400円＋（医療費－558,000）×1%</td></tr>
<tr><td>ウ</td><td>年収約 370万円～約 770万円
健保：標報 28万円～50万円
国保：旧ただし書き所得 210万円～600万円</td><td>80,100円＋（医療費－267,000）×1%</td></tr>
<tr><td>エ</td><td>～年収約 370万円
健保：標報 26 万円以下
国保：旧ただし書き所得 210 万円以下</td><td>57,600円</td></tr>
<tr><td>オ</td><td>住民税非課税者</td><td>35,400円</td></tr>
</table>

注） 1つの医療機関等での自己負担（院外処方代を含む）では上限額を超えないときでも、同じ月の別の医療機関等での自己負担（70 歳未満の場合は 2 万 1 千円以上であることが必要）を合算することができる。この合算額が上限を超えれば、高額医療費の支給対象となる。

〈70歳以上の人の上限額（平成30年8月診療分から）〉

<table>
<tr><th colspan="2">適用区分</th><th colspan="2">ひと月の自己負担上限額（世帯ごと）</th></tr>
<tr><td rowspan="3">現役並み</td><td>年収約 1,160万円～
標報83万円以上／課税所得690万円以上</td><td colspan="2">252,600円＋（医療費－842,000）×1%</td></tr>
<tr><td>年収約770万円～約1,160万円
標報53万円以上／課税所得380万円以上</td><td colspan="2">167,400円＋（医療費－558,000）×1%</td></tr>
<tr><td>年収約370～約770万円
標報28万円以上／課税所得145万円以上</td><td colspan="2">80,100円＋（医療費－267,000）×1%</td></tr>
<tr><td rowspan="2">一般</td><td rowspan="2">年収156万円～約370万円
標報26万円以下
課税所得145万円未満等</td><td>外来（個人ごと）</td><td rowspan="2">57,600円</td></tr>
<tr><td>18,000円
［年 14 万 4 千円］</td></tr>
<tr><td rowspan="2">住民税非課税等</td><td>Ⅱ 住民税非課税世帯</td><td rowspan="2">8,000円</td><td>24,600円</td></tr>
<tr><td>Ⅰ 住民税非課税世帯
（年金収入80万円以下など）</td><td>15,000円</td></tr>
</table>

注） 1つの医療機関等での自己負担（院外処方代を含む）では上限額を超えないときでも、同じ月の別の医療機関等での自己負担を合算することができる。この合算額が上限を超えれば、高額医療費の支給対象となる。

26万１８２０円ということになる。

しかも、自己負担した額は医療費控除の対象になる。年間で自己負担が２００万円を超えることはまずないから、実質的な自己負担額は月間10万円台でとどまるケースがほとんどになる。

莫大な医療費がまるまる自己負担としてかかってくる「自由診療」と、毎月10万円台にとどまる「保険診療」、その差はとてつもなく大きいのだ。

保険治療だけでがんに打ち勝った人はたくさんいる。だから、個人的には健康保険の範囲内での治療を勧めている。

ただ、私はオプジーボを使った保険診療に加えて、自由診療を併用することに決めた。それは少なくとも半年程度の延命がしたかったからだ。

東京の病院への2週間の入院を決断したときの最大の動機は、9割方書き上げていた『書いてはいけない』の原稿を完成させることだけだった。

幸運なことに入院後の厳格な医療管理によって体調が回復し、思考能力と言語能力を取り戻すことができた。そして、ＩＴ技術者をしている次男が、私が口述筆記した録音のテキスト化を手伝ってくれたこともあり、書籍の原稿は無事完成した。

それで当面の目標が達成され、あとはゆっくりと標準治療の範囲内でがんと向き合おうと思ったのだが、事態はそう簡単には進まなかった。

ひとつはラジオリスナーからの猛烈なラブコールだった。

私はいま6本のラジオのレギュラー番組を持っていて、入院中も病室から生放送を続けていたのだが、ラジオのリスナーは家族のような存在で「早くスタジオに戻ってきて、出演を継続してほしい」とのメッセージがたくさん寄せられたのだ。

また、ニッポン放送は私が快復したら、「モリタク歌謡祭」というイベントを開催してくれるという。「歌謡祭のチケット、2枚予約します」というリスナーさんからのメールは心に響いた。

もうひとつは、教鞭を取っている獨協大学の1年生のゼミ生の扱いだった。獨協大学では1年生の秋にゼミ生の選抜をし、2年生の春からゼミの授業が始まる。すでに1年生の選考は終了しているのだが、まだ一度も授業をしていない。頑張って集中的なトレーニングをすれば、最短半年で「モリタクイズム」を伝えることはできる。

だから、4月から9月までの半年間は生きていたいと思った。それがゼミの新入生に対する責任だと考えたのだ。

もちろん、彼らが卒業する3年後まで生き残ることが理想だが、もともと私のゼミは年次の壁を取り払って、上級生が下級生を指導する体制を作っていたので、そこまでが必須というわけではない。とりあえず半年生き残ることが最優先なのだ。

そこで私は、保険治療が認められていない新しい治療法にチャレンジする決意をした。

「血液免疫療法」といって、自分の血液を採取して培養し、がんと闘う免疫細胞を大量に作り出して、自分の体に戻すのだ。

ただこの方法はお金がかかる。血液免疫療法の1カ月の治療費は100万円程度、3カ月続けるだけで300万円の費用負担となる。もちろん全額自己負担だ。オプジーボの自己負担やその他の検査や治療の費用を加えると、3カ月で400万円を超えるのは確実だ。

いままでお金の専門家としても仕事をしてきたのでとても恥ずかしいのだが、私は自分の収入には無頓着だった。

テレビの出演料や本の印税はすべて私の会社に入れており、会社からは役員として定額の給与をもらっているだけだ。そのため会社には比較的大きなお金があるのだが、個人としてはさほどでもない。しかも理由はよくわからないのだが、税務署との関係で、役員の給与は年度途中で勝手に増額できない。それでも、がんとの闘いが数年にわたって続くことはあまりないので、やりくりをすれば資金はなんとかなるだろうと考えた。

もちろん、がん保険に加入しておけば、自由診療を受けることになっても安心だとは言える。

ただ、私はがん保険に加入していなかった。なまじ高額療養費制度の存在を知っていたものだから、保険診療の範囲内であれば、まったく問題はないと考えていた。まさか、自分が原発不明がんになるとは夢にも思っていなかったのだ。

だから、私のような原発不明という特殊なケースが起きた場合や、無理をしてでも延命をしなければならないことが想定される場合は、お金をある程度貯めておくか、がん保険の加入を検討しておくことが必要になるだろう。

話が混乱するかもしれないが、私は「医療保険やがん保険に入ったことがない」とメディアに伝え続けてきたものの、じつは会社が私にがん保険をかけていたことが、その後、判明した。もし私が1年以内に死亡すると、会社は結構な金額の保険金を受け取ることができるので、会社の経営は安泰だ。ただ、その保険金は、会社のものなので、私の治療費を払うことには使えないのだ。

いずれにせよ、がんとの闘いは、かなりの確率であと半年以内に決着するだろうと思う。

自由診療の治療費は、著書という〝遺書〟を残し、ラジオリスナーとの交流を守り、そしてゼミ生を育てるために支払ったコストだと考えている。

預金を生前整理する

東京の病院を退院した私がすぐに取りかかったのは「生前整理」だった。まずは、銀行預金の一本化だ。

２０１１年3月に父が亡くなったあと、私が一番苦労したのは、父の持っていた預金を確定することだった。

晩年、介護施設に入った父のふだん使いの預金口座は、介護施設への支払いですぐに底をついた。

「ほかに預金はないの」という私の問いに、父は「預金はあちこちにある」と答えた。

ところが、その通帳がどこにあるのかと聞いても、「それはわからない」と言う。どこの銀行に口座があるのかと聞いても、それも覚えていないというのだ。

相続税は、亡くなってから、10カ月以内に申告を完了しなければならない。

私は油断していた。父親名義の銀行の貸金庫のなかに預金通帳があると確信していたからだ。父の生前に手続きをして、私も貸金庫を開けられるようにしていた。

ところが、父の死後、いざ銀行に貸金庫を開けにいったら、なかに入っていたのは、大学の卒業証書とか思い出の写真とか記念品ばかりで、預金通帳はひとつも入っていなかったのだ。

仕方がないので、私は実家にこもって、届いていた郵便物を一つ一つチェックしていった。

父が要介護状態になり、実家のマンションに戻れなくなってから、郵便受けがあふれてしまうので、私が2週間に一度くらい実家に通って、郵便物を和室に放り込んでいた。その郵便物は、父が亡くなったときには、高さ1メートルくらいの山になっていた。

その山のなかから金融機関からの郵便物を選別し、預金がありそうな支店名を推定していった。

いまは全店照会といって、銀行の全支店を対象に預金があるかどうか照会できるようになったのだが、当時は支店名まで特定しないと、口座があるかどうかさえ教えてもらえなかった。ただ、全店照会ができるようになったといっても、銀行の数だけで100以上あり、信用金庫や信用組合を含めれば500以上あるのが現実だ。すべての金融機関を手当たり次第に調べるのは事実上不可能だ。

銀行支店を特定できても、さらに高い壁が存在する。

私が銀行に父の口座があるかを問い合わせると、銀行は、まず相続人全員の承諾書と父が生まれてから死ぬまでの戸籍謄本をすべて集めてくるように言った。

なぜそんなことをしないといけないのかと聞くと、「お父さんに隠し子がいるかもしれないから」と言うのだ。

「父に隠し子なんていません」と主張したのだが、銀行は取り合ってくれなかった。

父は全国を転々としていたので、戸籍謄本を集めるだけでもたいへんな苦労をした。地方の市役所には手紙を書き、返信用の封筒を用意し、そして戸籍謄本の発行手数料分の定額小為替を同封した。

そして、一番手間取ったのが東京都の文京区役所だった。文京区役所の庁舎は、東京大空襲で焼け落ちていた。だから、父の戸籍も焼失して残っていなかった。

銀行でその事情を話すと、「文京区役所に空襲で戸籍を焼失したという証明をもらってきてください」と言う。ところが、区役所は「そんな書式は存在しない」と言うのだ。すったもんだの末に、区役所が特別に証明書を発行してくれることになったが、それまでに大きな手間と長い時間がかかった。

結局、父の戸籍謄本をすべてそろえるだけで3カ月はかかったと思う。

そして、銀行で口座の存在が確定すると、今度は預金通帳の再発行や、印鑑を改めるための改印申請をしなければならない。

結局、すべての作業が終わるまで、半年くらいの時間がかかった。

父が亡くなる直前に東日本大震災が発生し、私の仕事が軒並みキャンセルになった時期だったので預金の整理ができたが、もしそうした特殊事情がなければ、相続税の申告に間に合わなかったと思う。

そのときのにがい経験があったので、父が亡くなった直後、私は自分自身の預金口座、証券口座の一覧表を作成して、パソコンのハードディスクに保存していた。余談だが、数年前にそのパソコンが〝突然死〟してデータを取り出せなくなった。幸い妻のパソコンにバックアップがあったので、事なきを得たが、ハードディスクだけでの保存は危険だ。

そのときに作成した私の金融機関のリストを退院後すぐに長男と次男にメモリーカードに入れて渡したのだが、何しろ13年も前に作ったリストだ。さらに、いくら相続人といえども、他人が預金を引き出すのには、相当手間がかかることは父の預金引き出しでわかっていた。

そこで、私は預金口座の一本化を進めることにした。

私の預金は10の金融機関に分散していた。銀行の経営不安が高まったときに、預金保険の対象になるように細かく分けたことも、数が多い原因だった。

それを一本化しようとして、通帳を探したのだが、なんと半分近くの預金通帳が見つからなかった。そして、銀行印も見つからないか、どの印鑑を使っていたのかわからなくなっていた。歴史は繰り返すではないが、父のときと同様に通帳の再発行や改印申請を今度は私自身の口座でやる羽目になった。

ただ、13年前とくらべて明らかに違っていたのは、銀行窓口の待ち時間だった。いまはリストラで銀行支店の人員が大きく削減されている。だから、預金の解約だけで、通帳がないと2～3時間待たされる。

ある銀行では、改印をするだけで3週間くらいの時間がかかった。結局、空き時間に優先して銀行回りをしたのだが、一本化の作業が終わるまで3カ月の時間を要した。これで相続の際に子どもたちの作業は大幅に減るはずだ。

投資資産の有意義な使い方

私は、父の相続税の申告作業を自分自身でやった。時間に余裕があったのと、相続税の仕組みを自ら経験するなかで学びたいと思ったからだ。

ところが、最終的な相続税の申告の直前に行き詰まった。父のマンションには飛び地の駐車場があり、しかもそれが不整形地だった。その評価をどのように計算してよいのかが、どうしてもわからなかったのだ。

そこで私は、税理士に土地の評価を依頼したのだが、税理士は「自分が関わるのであれば、申告書全体を再チェックさせてほしい」と要請してきた。

たしかに税理士の名前を出す以上、間違った申告書を税務署に出すわけにはいかない。私は最終チェックを依頼することにした。

しばらくして税理士から連絡があった。金《きん》貯蓄口座の申告が間違っているというのだ。

金貯蓄口座は、純金積立とも呼ばれ、毎月定額で金を買い付ける。といっても、金の現物がやってくるわけではなく、保護預かりになって、解約時にそれまで貯めてきた金をそのときの金相場で精算する仕組みだ。

父が亡くなった直後、私は、父の金貯蓄口座をすぐに解約した。その解約金を相続財産に加えて申告していたのだが、税理士はそれだけでは足りないと言ってきたのだ。金価格の高騰で、父が積み立てていた純金の積み立ては、購入平均単価よりも売却したときの相場が高くなっていた。だから、別途売却益の申告が必要だというのだ。

私はすでに高くなった金相場に基づいて相続税を払っているのだから、そこにさらに売却益を課税するのは二重課税ではないかと主張したのだが、そういうルールになっているので仕方がないということだった。

ただ、父の金貯蓄口座をすぐに解約するという私の行動は、結果的に正しかった。金貯蓄口座だけでなく、土地や建物、株式など相続で取得した財産を売却した場合、相続税の申告期限の翌日以後3年以内であれば、売却益を計算するときの取得費にすでに支払った相続税相当分を加算できるのだ。

具体例で示そう。

たとえば、500万円分の株式を相続したとする。それは元々100万円で取得したものだった。ふつうに計算すると、納めるべき税金は、相続税の税率が10％、株式売却益の税率が20％だと仮定すると、500万円×10％＝50万円が相続税、（500万円－100万円）×20％＝80万円が売却益税となり、合計130万円の納税となる。

ところが、株式を3年以内に売却した場合は、売却益税が（500万円－100万円－50万円）×20％＝70万円となり、相続税の50万円と合わせて120万円となる。

納税額が10万円減るのだ。

売却益税と相続税の完全な二重課税を避けるためには、資産を3年以内に処分することが必要だということになる。もちろん、相続後3年以内だけでなく、相続の前に処分しても、売却益の重税を避けることができる。

私は、この数年、所有していた株式を徐々に処分してきた。

相続税のことを考えたというよりも、いまの株式相場が完全なバブルであり、近いうちに大暴落が来ると考えていたからだ。だから、がんの宣告を受けた時点で、投資用の国内株式は、すでに売却済みだった。

ただ、外貨建ての投資信託はそのまま残していた。当面、円安が進むだろうと考えていたからだ。がん宣告のあと、それらもすべて売却した。世界的な株高と円安のおかげで、相当な売却益が出た。もちろん売却益には税金がかかったが、それでも税引き後の売却益は、当初3カ月間の自由診療医療費の半分以上をまかなえる金額になった。

バブル経済で得た資金が、自由診療の費用に消える。まさに泡が泡と消えたと言えないこともないのだが、あぶく銭を遊興費やギャンブルにつぎ込むよりは、ずっと有意義な使い方だったような気がする。

じつは、私の手元にはまだ少しだけ株式が残っている。それは株主優待目的で保有しているものだ。

たとえば、タカラトミーの株式を一定数持っていると、毎年、株主オリジナルのトミカとリカちゃんをもらえる。だから、コレクションを継続するためには、保有継続が必要になるのだ。

ただ、ここのところの株価は異常なほど高騰しているので、いったん売却して、バブル崩壊後に買い戻したほうがよいのではないかとも思える。どうするべきか、いまのところ資金的には行き詰まっていないので、判断を先送りしているのが現状だ。

がんと仕事と障害年金

私が恵まれているなと思うのは、がんに罹患して以降も、収入がまったく変わっていないことだ。

もちろん仕事は続けている。6本あるラジオのレギュラー番組は、一度も休まず継続しているし、十数本ある連載もそのまま継続している。大学教員の仕事も、大教室の講義だけ休講になっているが、ゼミ活動をはじめとする活動はそのまま継続している。

移動が難しいので、講演やテレビの出演は10分の1になったが、もともと出演料は全額会社に入金されていて、私が会社からもらっている給与は固定だから、一切減っていない。じつは、会社のほうも書籍の印税が大幅に増えたので売上げは減っていないのだ。

もちろん、私の場合は特殊ケースで、がんに罹患すると、収入が減ってしまうケースが多い。通常どおりには働けなくなるからだ。残業代がなくなり、休職扱いになることもある。さらに厳しい場合には、解雇や自主退職というケースもある。

治療費の負担に加えて、収入まで減ってしまったら生活は立ち往かなくなる。だから、ある程度の預貯金を持っておくか、医療保険やがん保険に加入しておく必要があるとも言える。

貯蓄をしておくとは言っても、莫大な金額を用意する必要はない。多くの場合、がんとの闘いは、半年程度で決着がつくからだ。

たとえば、抗がん剤の効果は、数カ月で落ちてくる。効果が落ちる前にがん細胞軍団を縮小に追い込めれば快方に向かえるのだが、がん細胞軍団が優勢になると、命を落とすことになるからだ。

なお、何事にも例外はあって、がんとの闘いが数年に及ぶケースも実際存在する。その際、考えてほしいのが、障害年金の活用だ。がんに罹患して、就労や生活に支障が出てくると、障害年金を受給できる可能性が出てくるのだ。

障害年金を支給するかどうかは、年金事務所の判断になるのだが、最低限、下記の3要件を満たしていることが必要になる。

【条件1】初診日要件

原則として、初診日から1年6カ月経った時点の体の状態で障害の程度が判断される。つまり、1年半は、がんとの闘いが続いていることが、最低限の要件となる。

【条件2】保険料納付要件

原則、納付義務のある期間の3分の2以上、公的年金の保険料を納付していること。

【条件3】障害状態要件

障害の程度	障害の状態
1級	著しい衰弱または障害のため、身の回りのこともできず、常に介助を必要とし、終日就床を強いられ、活動の範囲がおおむねベッド周辺に限られるもの。
2級	衰弱または障害のため、身の回りのある程度のことはできるが、しばしば介助が必要で、日中の50%以上は就床しており、自力では屋外への外出等がほぼ不可能となったもの。衰弱または障害のため、歩行や身の回りのことはできるが、時に少し介助が必要なこともあり、軽労働はできないが、日中の50%以上は起居しているもの。
3級	著しい全身倦怠のため、歩行や身の回りのことはできるが、時に少し介助が必要なこともあり、軽労働はできないが、日中の50%以上は起居しているもの。あるいは、軽度の症状があり、肉体労働は制限を受けるが、歩行、軽労働や座業はできるもの。

がんの罹患によって日常生活に支障が出ていること。

障害の状態によって、障害の程度は、1級から3級の3段階に分かれる。

支給される年金額は、障害基礎年金と障害厚生年金の2階建てになっている。老齢年金と基本構造は一緒だ。

国民年金、厚生年金の加入者に共通して支払われる障害基礎年金は、1級と2級のみに支払われる。3級でも支払われるのは、厚生年金加入者だけだ。

2級の年金額は、老齢基礎年金の満額と同じと定められており、2024年度は月額6万8000円だ。1級の金額は、2級の1・25倍となっているので、2024年度は8万5000円となる。

また、障害基礎年金の受給者には「障害年金生活者支援給付金」が給付されるが、月額は1級が6638円、2級は5310円となっている。

「障害年金生活者支援給付金」の給付条件は「前年の所得が472万1千円以下＋扶養親族人数×38万円」であることだけなので、ほとんどの人が受給できる。

1級ならば、障害基礎年金と合わせて年額約110万円、2級ならば90万円というのが、ざっくりとした金額だ。

一方、厚生年金加入者の場合は、この障害基礎年金に障害厚生年金が加算される。ただ、障害厚生年金の額は、収入、すなわち納めてきた年金保険料によって給付額が異なるので計算が難しい。

ちなみに、障害3級の場合の最低保障額は月額5万1000円となっている。1級の場合は、報酬比例の厚生年金額の1・25倍、2級の場合は1・00倍となっている。

個人ごとに異なり、計算が複雑なので、専門家はあえて金額を明らかにしないのだが、とてもざっくりと言うと、平均的な障害厚生年金の年額は2級で100万円程度、1級で125万円程度だろう。障害基礎年金と合わせると、障害年金の総額は、年額で2級の場合で190万円程度、1級の場合で235万円程度ということになる。

さらに子どもがいる場合には加算もあるので、けっして余裕のある生活ができる金額ではないが、勤労収入と合わせれば、生活できない水準ではない。

なお、障害年金は老齢年金との併給ができない。だから、高齢者はどちらかを選ばないといけない。とくにがんの診断を受けたときに厚生年金の加入者だった人は、どちらが有利になるのかきちんと計算することが必要だ。

その際、注意すべきことは、障害年金は非課税と定められており、所得税や住民税がかからないということだ。老齢年金は、雑所得として所得税も住民税も課税される。だから、手取りベースでの比較が不可欠になるのだ。

また、障害年金の申請は自分でもできるのだが、年金事務所への申請には、それなりのノウハウが必要なので、まず申請に慣れている社会保険労務士に相談するのがよいかもしれない。

詐欺広告に利用されて

2024年3月7日、警察庁がSNS型投資詐欺の被害状況を初めてまとめた。2023年の認知件数は2271件、被害総額は277億9000万円だった。問題は、被害が急増していることだ。月別の状況をみると、2023年前半は、1カ月あたり100件前後だったのが、7月には204件と倍増し、12月には369件と4倍近くに増えている。

詐欺の典型的な手口は、SNS上に著名人が投資を勧誘する広告を掲載し、それをクリックさせることから始まる。男性の場合フェイスブック、女性の場合はインスタグラムがもっとも利用されている。

クリックすると、LINEのグループチャットに誘導され、そこで著名人自ら、あるいはそのアシスタントを名乗る人物が投資のアドバイスをしてくる。短期間で数倍、数十倍のリターンが得られる投資商品を推奨してくるのだ。

広告に登場する著名人は、堀江貴文、前澤友作、澤上篤人、岸博幸、村上世彰《よしあき》、桐谷広人といった経済の専門家たちなのだが、じつは私も２０２３年の初めくらいから、盛んに詐欺広告に利用されてきた。

私のところには、詐欺を疑う人たちから頻繁にメールで連絡が来るのだが、がんへの罹患を発表してから、連絡が激増するようになった。

ＩＴの専門家が調べてくれたところによると、私の名前を騙《かた》ったネット上の詐欺広告は４００種類以上あるというのだが、がん罹患を公表してからの詐欺広告は、病気を逆手にとったものに変わった。

「私はすい臓がんにかかってしまって、余命が長くありません。そのため、これまでの研究で獲得した投資のノウハウをすべてお伝えしたいと思います」というのが基本的なストーリーだ。

広告をクリックして誘導されたグループチャットには、数十人から数百人が参加していて、それぞれが「大儲けができた」と自慢をするが、そのほぼすべてがサクラだ。もちろん投資を勧誘する著名人も、写真を勝手に使われただけの偽物なのだが、被害が急増しているひとつの要因が手口が巧妙化していることだ。

たとえば、グループチャット上で指導する著名人に対して、「本物の先生ですか？」

という質問をすると、運転免許証の画像を送ってきたり、生成AIを用いて作成した本人に似せた音声メッセージを送ってくる。

私のところには、いまでも毎日平均3人ほどの被害者から連絡が来るのだが、詐欺師たちが日々技術水準を上げていることが、その連絡内容からもよくわかる。

ただ私は、被害者にも一定の責任はあると考えている。

たとえば、偽造された私の免許証は、住所が代官山のタワーマンションになっている。私がそんなところに住んでいないことは、私のことを少しでも知っていればわかるはずだ。音声メッセージも、私のラジオを聴いているリスナーであれば、違和感を覚えるはずだ。

何より、ふだんから投資のリスクを叫び続けている私が、大儲け確実の投資など勧誘するはずがないのだ。

被害者の多くが、私のファンだから、ついつい騙されてしまったと言うのだが、正直言って、本当のファンなのか、疑わしいと思う。それは、私と同様に、投資のリスクを警告し続けている荻原博子氏の偽物に騙されてしまう被害者がたくさんいることからもわかる。

もうひとつの問題は、最近の投資熱だ。

警察庁も「ＳＮＳの普及に加え、投資への関心が高まっていることが影響しているのではないか」とみている。政府自体が「投資元年」「貯蓄から投資へ」と投資推奨をしているのだから、投資熱が高まるのはある意味当然だ。

しかし、株価の裏付けは、企業の純資産なのだから、経済成長率以上の平均株価の上昇は、通常はありえない。だから「数カ月で10倍」といった高利回りを提示された段階で「それはおかしい」と思わないといけないのだ。

また、投資のアドバイスをするためには、金融商品取引法第29条に基づく登録を受ける必要がある。誰が登録しているのかは、金融庁のホームページで確認できる。もちろん私は登録などしていないから、投資助言業の資格のない私から投資のアドバイスと言われた途端に詐欺を疑わないといけないのだ。

もちろん、もっとも悪いのは詐欺師たちだ。

警察庁も、２０２４年3月5日に全国の警察に対して、専門の捜査班を作って実態解明を進めるよう指示した。ただ、犯行が海外で行なわれているとみられることから、犯人にたどり着くためには、海外の捜査機関との強力な連携が不可欠だ。

現にこれだけの被害が出ながら、いまだに一人の犯人にもたどり着いていない。国会は、ＳＮＳ型投資詐欺に対抗するための新法を早急に整備していく必要があるだろう。

第4章

私の選択

泣きっ面に尿管結石

話を私自身の治療に戻そう。といっても、がんの話ではない。

2024年1月19日に東京の病院を退院して、私は自宅療養をベースに仕事を再開した。

退院から11日後の1月30日、翌朝のニッポン放送「垣花正　あなたとハッピー！」のスタジオ出演に備えて、私は夜に東京に向かい、事務所に泊まることにした。移動の際の電車の混雑を避けるためだ。

夜の10時すぎ、事務所にいた私の腰に近い背中に突然激痛が走った。とてつもない痛みだ。私は瞬間的に治まっていたがん細胞が暴れだしたのだと思い込んだ。

とにかく立っていられない。スプーン1杯の水も飲めない。背中に手を当てて、椅子に座り込んだ。事務所には私以外誰もいない。妻は、事務所まで2時間近くかかる自宅にいるから、もう助けを呼んでも間に合わない。ただ、このままだと死んでしまうかもしれない。

私は生まれて初めて救急車を呼ぶ決断をした。

スマホで１１９番をダイヤルすると、10分足らずで救急隊員が駆けつけてくれた。私は、事情を話して、入院していた東京の病院に運んでほしいと頼んだ。救急車の到着前に病院に電話して、受け入れてもらう了解も得ていた。

救急隊は、再度病院に連絡して、受け入れを確認してくれた。

私は、１秒でも早く病院に行きたかったのだが、救急隊は私の体温や血圧、血中酸素濃度の計測や問診から始めた。ちゃんと状況を把握してからでないと、運んではいけないルールになっているらしい。そうしたことに十数分が費やされた。ただ、救急車が走り出してからは、めちゃくちゃ速かった。日中だったら30分以上かかる道のりを10分台で走り抜けた。赤信号でも進める救急車は、都会のなかでは最速の存在なのだ。

救急車のなかでは、私に取り付けられた機材が発する「ピーピー」という音が、心拍に合わせてずっと鳴り響いていた。

病院で私を待っていてくれたのは、若い当直の医師だった。すぐにエコー検査に取りかかった医師は、映像を見て、ひと言こう言った。

「尿管結石ですね」

なんでも突然背中に激痛が走る症状の場合、大動脈解離か尿管結石のどちらかが原因であることが、ほとんどなのだという。大動脈解離の場合は、すぐに対処しないと命にかかわるが、尿管結石の場合は、それとくらべたら命に関わることはないと医師は言った。

それはそうだが、とにかく痛い。尿管結石というのは、腎臓と膀胱を結んでいる尿管という管に腎臓から落ちてきた結石がはさまって、尿の動きを止めてしまう病気だ。私の腎臓は、尿が流れないせいでパンパンに腫れあがっていたし、結石のトゲが尿管を傷つけるので、猛烈な痛みが続く。

医学用語ではないようだが、「痛度」という指標があって、痛みの度合いが10段階に分かれている。女性の場合、痛度10が出産になるのだが、男性が感じることのできる最大の痛みは痛度9の尿管結石だという。

じつは私は過去にも数回、この尿管結石を経験していた。どうやら腎臓に結石ができやすい体質らしい。実際、レントゲンやCTで腎臓を見ると、落ちてくる可能性のある尿管結石予備軍の石がゴロゴロと存在していた。だから、「がんと重ならないといいな」という思いは頭をよぎっていたのだが、悪い予感は当たるというか、まさに泣きっ面に蜂になってしまったのだ。

当日は、夜も遅かったので、とりあえず痛み止めの薬を出してもらって、翌日、手術をすることになった。

翌日午前に行なわれた手術は、尿管のなかにステントと呼ばれる人工の管を通すものだった。

全身麻酔で行なったので、痛くも痒くもなかったのだが、ステントを通して尿が流れるようになったので、痛みはすぐになくなった。ただ、結石自体は、腎臓のなかに残されている。しかも予備軍の石も残されている。そこで、泌尿器科の医師と相談して、本格的な手術を行なうことにした。

2月21日、ニッポン放送「垣花正　あなたとハッピー！」に生出演したあと、私はその足で東京の病院に入院し、翌日午前中の手術に備えることになった。

私は過去に2度、結石を砕く手術を受けたことがあったが、そのときは衝撃波で砕くという手法が採られていた。結石に照準を合わせた衝撃波を体の外から照射して砕くのだが、1回で砕けるわけではなく、数百回、1時間くらい撃ち続ける。竹ひごで体をパチンパチンと叩くような感じで、当然、1回の治療で1つの結石しか砕けない。私は今回も同じ治療法だと考えていたのだが、医師によると「それは昔の技術」だという。

今回行なわれたのは、尿管から内視鏡を入れて、腎臓内にある結石をレーザーで破壊するというものだった。レーザー照射だと、次々に結石を砕くことができるので、私の腎臓のなかに存在していた予備軍の石も軒並み砕いてもらうことができた。もちろん、砕いた石は尿と一緒に排出しないといけないので、ステントは新しいものと入れ替えたという。

ステントは3カ月くらいしか入れっぱなしにできないので、3月6日に再び東京の病院を訪れ、最後にステントを抜く手術をすることになった。ただし、このときは外来で、部分麻酔だという。

部分麻酔だと痛いのではないかという不安があったのだが、それよりももっとたいへんなことがあった。

看護師は私に、まず下半身裸になれという。そして、上着だけを着た状態の私が座らされた椅子は、テレビドラマで見たことのある産婦人科の椅子だった。

私の腹部のあたりにカーテンが引かれ、私からは下半身が見えない状態になった。そして看護師がスイッチを入れると、足を乗せた台が左右に分かれ、私の局部がむき出しとなった。カーテンの向こうで看護師が事務的に私の局部に麻酔剤を入れ、「麻酔が効くまでじっとしていてください」と言った。

十数分後、医師がやってきて、私の尿道にピンセットのようなものを挿入し、ステントをつまんで一気に引き出した。わずか1秒の早業だった。

こうして、30年以上悩まされてきた尿管結石に、私は別れを告げることができた。がんも同じようなことができればよいのだが、そうはいかない。

話をがん治療に戻そう。

お見舞いをお断りしたワケ

2023年12月27日にがん罹患を公表した直後、多くの人から「お見舞いに行きたい」とか、「会って話をしたい」「取材をしたい」という連絡が殺到した。私はすべてお断りした。

理由はたくさんあって、免疫が落ちているので感染症が怖かったこと、いろいろと検査や治療のスケジュールが立て込んでいたこと、そして何より多くの人と話すだけの体力を失っていたことだ。

ただ、たった一人だけ入院前に話をした人がいる。漫画家の倉田真由美（くらたま）さんだ。くらたまさんは公表後すぐに連絡をくれて、話がしたいと言った。

私はテレビやラジオに四半世紀以上出演し続けてきたが、共演者とプライベートで食事に行ったことは一度もなかった。唯一の例外が、くらたまさんだ。

くらたまさんは、物事の見立てが私と似通っていて、正義感にあふれていて、他人への思いやりの強い人だ。放送中に感極まって涙をこぼすことも日常茶飯事だった。

くらたまさんとは、文化放送の「大竹まこと ゴールデンラジオ！」で何年も共演していたので、親近感はとても強かった。

芝増上寺《ぞうじょうじ》で行なわれる文化放送の「浜祭」というイベントでは、2人で漫才コンビを結成した。2人の名前を合わせて、「もりたま学園」というユニット名をつけた。漫才の台本はくらたまさんが書くことになっていたが、忙しくて本番直前まで台本が上がってこなかった。そこで本番直前に、私が台本を一気に書き上げた。最初から最後まで全部が下ネタという画期的な作品だった。

増上寺に集まった大勢のリスナーを前にして、しかも生放送で披露したのだが、われわれの漫才を見た大竹まことさんは「これまでの人生で見た漫才のなかで、最低、最悪だった」という評価を下した。

私はそのままM－1出場を画策していたのだが、大竹まことさんの言葉がきっかけで、もりたま学園は解散ということになった。

さて、くらたまさんとの会話はZｏｏｍを通じて15分間だけという約束で行なった。私の体調が抗がん剤で急速に悪化したため、それくらいの時間が限界だった。

私には気になることがあった。くらたまさんのご主人の叶井《かない》俊太郎さんがステージⅣのすい臓がんを患っていて、闘病中だったことだ。当時の私の診断とまったく同じステージⅣのすい臓がんだったのだ。

くらたまさんからは、私への励ましの言葉が続いたのだが、私はどうしても叶井俊太郎さんの治療について聞きたかった。くらたまさんは、正直に話してくれた。

２０２３年10月にステージⅣのすい臓がんを公表したが、ステージⅢのすい臓がんを医師から宣告されたのは２０２２年６月で、そのときに余命半年と宣告されていたそうだ。叶井さんは、抗がん剤の投与を拒否し、治療法として血液免疫療法を選択したという。

前述のとおり、血液免疫療法というのは、採血した本人の血液のなかから免疫細胞を培養、増殖して、本人に戻す方法だ。私が話を聞いた時点で、金井さんは宣告された余命の3倍生きていた。残念ながら叶井さんは2024年2月16日に亡くなったが、大幅な延命ができたことは間違いない。ただ、私の心に突き刺さったのは、くらたまさんの最後の言葉だった。

「でもね、全員に効果があるかどうかはわからないから、私は血液免疫療法を勧めてはいないんですよ」

私にはとても新鮮な意見だった。

何しろ毎日大量の治療法の推奨メールが来ていた。そのなかで「効果があるかどうかわからない」と書いたものはひとつもなかった。くらたまさんは、なんて冷静な判断をする人なのだろうと私は思った。

同時期に、衆議院議員の原口一博さんからも長文のメールをいただいた。原口さんは熱血漢なので、自分のがんからの生還について詳しく書いていた。彼が生還できたのは、血液免疫療法と高濃度ビタミン療法の併用だと言っていた。

さらに、ご本人から直接連絡をもらったわけではないのだが、格闘家の竹原慎二さんも、血液免疫療法でがんからの生還を果たしていた。

血液免疫療法の選択

東京の病院を退院し、血液パネル検査で原発不明がんと診断された私は、最終的に、オプジーボの投与と血液免疫療法の組み合わせを選択することにした。

血液免疫療法で私が具体例として知っているデータは、サンプル数3にすぎない。しかも生還を果たしたのは2サンプルだけだ。先に述べたように、血液免疫療法を選択する統計学的な根拠はまったくない。ただ、私を突き動かしたのは、くらたまさんの「けっして他人に推奨はしない」という言葉だった。

オプジーボは、診断が「原発不明」に変わったおかげで、保険診療の扱いになったので、自宅近くの病院で4週に一度点滴をすることになった。費用は3割負担で月額20万円程度だ。

一方の血液免疫療法は2週に一度のペースでやっていて、費用は1回50万円程度、1カ月で100万円ほどだ。

この方法を1カ月あまり続けた3月5日、私は近所の病院で造影CTを撮って、効果を確認することにした。

その結果、肝動脈を覆っていたがんの浸潤による影は、大きくも小さくもなっていなかった。見方によっては、ごくわずかに縮小していると言えないこともないというのが読影した医師の診断だった。

ただ、決着はあと数カ月の間につけないといけない。

なぜかと言うと、オプジーボの効果は、数カ月経つと落ちてくるのが一般的で、それまでの間にがん細胞軍団を退治しなければならないからだ。もし、数カ月後にがん細胞軍団のほうが優勢になっていると、次に打つ手は限られてくる。私の場合、原発不明がんで、敵が誰で、どこにいるかがまったくわからないからだ。

そうした状況の下では、がん細胞軍団への攻撃は一切できない。いまやっている治療は、オプジーボで免疫細胞の元気を取り戻し、血液免疫療法で免疫細胞の数を増やすというものだ。免疫細胞のほうだけにしか働きかけができない状況で、いまやっている治療法はある意味で限界値なのだ。

そうしたなかで、前回の検査から２カ月弱経過した４月24日、私は、再び造影ＣＴの検査を受けた。

がん細胞軍団と免疫細胞軍団の拮抗状態という状況は、基本的には変わっていなかったのだが、前回の検査でわずかながら縮小した肝動脈周辺の浸潤は、今度はやや拡大していた。つまり、合戦はシーソーゲームになっていたのだ。

医師と相談のうえ、当面はこれまでのオプジーボと血液免疫療法の併用による治療を継続することにしたのだが、次回、６月から７月に行なう予定の次の検査で、連続してがんによる浸潤が拡大していると困った事態になる。それは、がん細胞軍団が優勢になっている可能性が高いことを意味するからだ。

その場合の対処法は、現段階では４つあると考えている。

第一は、原発がわからない状況下で、散弾銃のように幅広いがんをターゲットに抗がん剤を打つことだ。ただ、それは効果が薄いだけでなく、肉体にも大きな負担をかけることになる。抗がん剤は、がん細胞だけでなく、正常細胞にも一定の被害を及ぼすからだ。

第二は、より健康的な生活に変えることで、免疫力を高めることだ。仕事をセーブして、適度な運動をすると同時に糖分を抑えて野菜中心のヘルシーな食事に変える。もちろん、たばこは完全に禁煙とする。それが医学的にも正しいことはわかっている。ただ、私の性格がそうした節制に耐えられるかは若干、疑問がある。

第三は、がんの治療の優先順位を下げて、残りの人生で、自分のやりたいことをやっていくことを優先する人生を選択することだ。もちろん、この選択肢ではたばこはやめない。

そして、第四は、これまで挑戦してこなかった別の治療法を試すことだ。幸か不幸か、私のところには数え切れないほどのがん治療法の提案が来ている。そのなかには、もしかしたら効果があるかもしれないと思えるものがいくつかある。そのなかから、一番可能性があると思えるものに〝一発逆転〟の勝負を賭けるのだ。

いまのところ、どの選択肢を採用するのかは決めていない。仮定の話にいちいち悩んでも仕方がないからだ。

ただ、正直言うと、そんなに長く生きられない可能性はかなり高いのではないかと思っている。

それでも、そのことで絶望的になることはない。いつ死んでもいいとは思っていないが、いつ死んでも悔いのないようにこれまでも生きてきたし、いまも生きているからだ。

がんの宣告を受けると、多くの人が1日でも長い延命を望み、永らえた期間で、旅行に出かけたり、高級なレストランに行ったりする。

人生は一度きりだし、それまでいろいろ我慢してきたのだから、最後は豊かな時間をすごしたいと思うのがふつうなのかもしれない。

ただ、私にそうした欲求はない。

それは、これまでの人生で、やりたいことは、すべてそのときにやってきたからだ。

だから私には「夢」がない。いつかできたらいいなと思うことは実現できない。やるべきことはいますぐ取りかかる「タスク」、つまり課題なのだ。

それはいったいどういうことなのか。

それが本書でお伝えしたい一番大切なところなので、次章で、私がどう生きてきたのかをまとめておこう。

第5章
いまやる、すぐやる、好きなようにやる

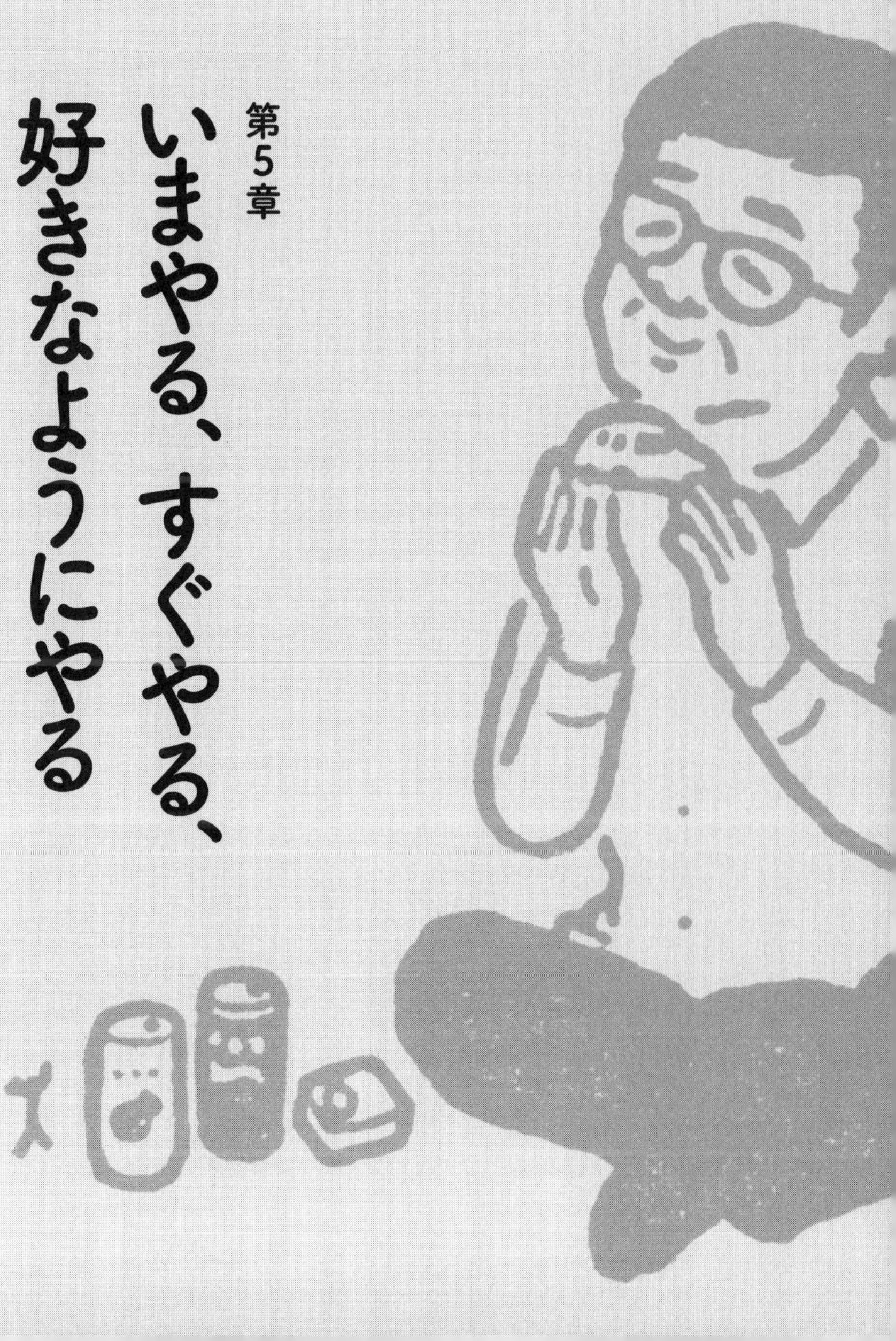

私の仕事のスタイル

私が社会に出てから44年が経過した。その間、私がずっと貫いてきた信条は「いまやる、すぐやる、好きなようにやる」ということだ。

周囲に忖度《そんたく》することなく、自分が正しいと思うこと、やりたいと思うことを、これまで私はつねにやってきた。

だから、仕事はカネを稼ぐための手段というよりも「遊び」に近いものだった。とりあえずやってみて、間違っていたり、失敗したら、素直に謝るというのが、私の仕事のスタイルなのだ。

大学卒業後、最初に就職したのは日本専売公社（現ＪＴ）だった。

半年間におよぶ上田工場での新人研修のあと、配属されたのは本社の主計課資金係だった。当時の専売公社の売上げは約３兆円、その資金を係長以下、たった４人で管理していた。

資金係のおもな仕事は、専売納付金（現在のたばこ税）を国に納めるときに不足する資金を、郵便貯金などを原資とする大蔵省資金運用部から借りてきて、その借金を毎月の売上げで返済していくことだった。会社には日銭で約１００億円が入ってくる。だから、私の最初の仕事は、資金運用部への返済のために２０００億円の小切手（国庫金振替書）を書くことだった。１０００億円を超えると、チェックライターはケタ不足で使えない。そこで私は万年筆で金額を書き込んでいた。当時の私の初任給は12万8000円だったから、１０００億円を超えるお金はまったく実感がなく、単なる数字だった。

そうした作業を続けたあとのことだ。先輩から受け取っていた引継書を改めて読むと、資金調達には2つの方法があると書いてあった、ひとつは資金運用部資金で金利は7％、もうひとつは、国庫余裕金で金利は０％だった。私は係長に聞いた。

「なぜ、金利ゼロの国庫余裕金を借りないんですか」

「いま、国の財政が厳しくなっていて、余裕金なんてないんだよ」

「だったら余裕金を作ればいいじゃないですか」

当時はまだ鷹揚《おうよう》な時代で、とりあえずやってみるかということになった。

専売公社の口座は、区分管理はされているが、一般会計と同じ口座だった。だから、専売公社の口座に資金を積み上げれば、国庫余裕金はできる。そこで、大蔵省資金運用部から数千億円、必要のない金を借りて、口座に入れた。それと同時に大蔵省理財局に「国庫余裕金使用申請書」を提出した。あっさりと国庫余裕金の使用は認められた。こうして専売公社は金利ゼロの金を手にしたのだ。

もちろん、私のイタズラは、数カ月後に大蔵省にばれた。係長とともに、理財局に呼び出されて、たっぷりとしぼられた。ただ、法律違反は一切していなかったので、二度とやりませんという確約と反省の弁を述べただけで無罪放免となった。

その間、専売公社は無利子のカネを数カ月間にわたって使えたので、金利の「節約」は数十億円に及んだ。私は、その後専売公社で大した仕事をしていないのだが、このときの貢献だけで、会社への義理は果たしたと思っている。

ただ、この事件が、私の職業観を変えた。何か思い付いたら、とりあえずやって、ダメだったら、謝る。仕事が遊びに変わった瞬間だった。

ちなみに、資金係の仕事を半年続けたあと、私は課内の異動で、予算第二係に移った。そこから1年半、大蔵省の「奴隷」のような存在になり、私はすべての自由を

主計課予算第二係時代。右手の前の大型電卓で仕事をしていた

失った。

そのときのことは『ザイム真理教』に詳しく書いたので、ぜひお読みいただきたいが、そこで受けた屈辱と鬱憤《うっぷん》が『ザイム真理教』の原点となり、『ザイム真理教』がベストセラーになったのだから、皮肉なものだ。

格差と出合う

専売公社の主計課で2年働いたあと、私は日本経済研究センターに出向することになった。日本経済新聞社の外郭のシンクタンクで、数十社の企業から派遣された研究員が、短期班、中期班、長期班の3班に分かれ、それぞれの担当分野を分担して経済予測をするところだ。

私は3年から5年後を予測する中期班に所属した。私に与えられたテーマは、マクロでは賃金と所得分配だった。自分で選んだのではない。偶然割り当てられたのだ。

経済予測というのは、努力が報われない仕事だ。未来のことは、誰にもわからないから、一生懸命分析して予測を出しても、思い付きでいい加減な予測を出しても、「当たるも八卦、当たらぬも八卦」の世界だ。だから、各企業から派遣された研究員の働き方は、真っ二つに分かれた。定時に帰宅するグループと終電まで帰らないグループだ。私は後者だった。

とにかく経済分析が楽しくて楽しくてたまらなかった。

とくに私を虜《とりこ》にしたのが「格差」だった。

「賃金センサス」という統計を見ていて、私は大きな発見をした。高度成長期に縮小していた格差が、低成長期に入ると拡大に転じていた。それも企業規模間の格差だけでなく、男女間、年齢間、産業間、職業間、地域間、職階間など、あらゆる切り口で見た格差が低成長期に入って拡大していたのだ。私は格差社会の到来を確信した。

トマ・ピケティというフランスの経済学者が、２０１４年に『21世紀の資本』（みすず書房、山形浩生・守岡桜・森本正史訳）という書籍で、世界中に大ブームを起こした。世界各国のデータを200年にわたって分析し、格差拡大を実証したのだが、私はピケティよりも四半世紀も前に、日本だけが対象で、30年程度の短い期間のみだったが、その断片を発見していたことになる。

もちろん、日本経済研究センターでの仕事は経済予測だったから、私のやっていた格差分析は、本来の仕事ではない。遊びと言われても仕方がない。しかし、その遊びが、私の経済への興味をかき立てた。

私は、2003年に『年収300万円時代を生き抜く経済学』（光文社）という本がベストセラーになり、「年収300万円」という言葉は、流行語大賞のトップテンにも選ばれたのだが、この本の原点は、日本経済研究センターでやった格差分析だった。遊びがベストセラーを生み出したのだ。奇しくも『ザイム真理教』と似たような構造だった。

日本経済研究センターでは、もうひとつの遊びをやった。当時は、パソコンが普及し始めたころで、個人でパソコンを持っている人はまだ少なかった。ただ、私は、専売公社の主計課で毎日深夜2時から3時まで働いていて、それが全額残業代となって支払われていた。だから、私の実際の手取り収入は、初任給の3倍近かった。24時間拘束だったから、お金を使う暇もなく、私は結構な金額の貯金を持っていた。

私は、そのなかから百数十万円を使って、シャープのMZ－2000というパソコンをフル装備で買った。いまから振り返ると、関数電卓くらいの性能しかないパソコンで、画面は緑1色しか表示できない代物だったのだが、S－BASICというプログラミング言語で、1からプログラムを書くことができた。それが嬉しくて、経済モデル（経済の模型）を作るための重回帰分析ができるようにプログラムを作り、最後は経済モデルのシミュレータまで導入して、予測の作業がすべてパソコン上でできるようにした。

私は、そのパソコンを日本経済研究センターのデスクに持ち込んで、仕事に使うことにした。それで、大型コンピュータの順番待ちをする必要も、使用料を気にしながら作業する必要もなくなった。

ただ、私のパソコン活用はそこで終わらなかった。パソコンのボードに16KビットのD－RAM（読み書き可能なメモリ）を8個挿すと1色追加できる。ただ、当時はまだD－RAMが猛烈に高かった。そこで私は秋葉原で「ビット落ち」と呼ばれる不良品のＤ－ＲＡＭを16個買ってきた。８個のＤ－ＲＡＭごとに１色追加できるから、16個のＤ－ＲＡＭのおかげで、私のパソコンは赤と青の表示ができるようになった。光の三原色は緑と赤と青だから、２枚のボードを加えたおかげで、私のパソコンはフルカラーに変わった。そのことが私の遊び心に火をつけた。

誰かが日本海海戦のシミュレーションゲームを私のパソコンにインストールし、最初はそのゲームで遊んでいたのだが、大手銀行から出向してきていた一人の研究員が、そのゲームの改造に取りかかったのだ。

彼は、バリバリの理系で、私よりもずっとＩＴの技術力が高かったから、改造を重ねるうちにプログラムが進化した。最後には、それがミッドウェー海戦のシミュレーションゲームに発展したのだった。

このゲームはとにかく面白かった。それまでの人生で体験したどのゲームより面白かったし、いまだにその評価は変わっていない。日本経済研究センターの同僚はそのゲームをずっとやり続けた。多くの研究員が終電まで帰らないようになった大きな原因のひとつだった。

ゲームがあまりに素晴らしいので、私はそのプログラムを携えて、複数のゲームメーカーに買ってもらえないかという営業に出かけた。

ゲームメーカーも高く評価してくれたのだが、ちょうど私のMZ－2000というパソコン自体が凋落傾向になっており、たとえばNECの9800シリーズに移植してくれるのなら買い取ってもよいという話だった。だが、日本経済研究センターへの出向期間は残り時間が短く、プログラム開発は仕事の片手間に行なっている作業だったので、移植はあきらめざるをえなかった。

いまや日本有数の富豪となったソフトバンクの孫正義氏も、ビジネスの原点は、開発した自動翻訳機のソフトウェアを買い取ってもらったことだという。

だから、もしこのとき私が本気でゲームソフトの移植に取り組んでいたら、私もIT業界の旗手になれたかもしれない。もちろん、そんな人生は、まったく望んではいない。それよりも心に残っているのは、ゲームメーカーへの売り込みに出かけた際、なぜか私は気に入られて、帰り際にそのゲームメーカーが発売しているゲームソフトを大量にもらって帰ったことだ。複数の会社の分を合わせると、ショッピングバッグ2つ分くらいになったと思う。

私はそれを中古ゲームの販売店に持ち込んで換金し、そのお金でさらにパソコンの機材を充実させたのだった。

営業が一番楽しかった

日本経済研究センター勤務のあと、私は専売公社の渋谷営業所に異動になった。生まれて初めての営業の仕事だが、いままでの職業人生で一番楽しい仕事だった。

私の仕事は、中目黒、祐天寺、学芸大学に立地する１００あまりの小売店を回り、新製品の紹介やディスプレイの支援、そしてたばこの注文を受け付けることだった。

いまでもそうだが、たばこ屋の看板娘は大部分がおばちゃんだった。そして、私はおばちゃんたちにとても可愛がられた。若い女性にはまったくモテないのだが、おばちゃんにはモテた。私はたばこ屋の茶の間に上がり込んで、おばちゃんの話をずっと聞き続けた。

客観的に見たら、仕事をさぼっているようにしか見えないだろうが、石田純一さんに女性にモテるコツを聞いたら、とにかく相手の話を聞くことだと言っていた。そのメカニズムが働いたのかもしれない。

すぐに、おばちゃんたちが、昼食をご馳走してくれるようになった。たばこ販売店の免許というのは一種の既得権益で、昔から住んでいる人が持っていることが多い。だから、地主で、小さな商売をしながら、じつはとんでもない不動産を所有していることが多かった。ご馳走してくれる昼食もうな重とかかつ重とか、高級なものが多かった。それだけではない。おばちゃんたちがいろいろなモノをくれるようになった。たばこ屋というのは、いろいろな業種と兼業しているから、メーカーからもらったサンプルとか売れ残りの商品とかを貢いでくれるようになったのだ。

菓子、ジュース、酒、服など、ありとあらゆる生活用品が手に入るようになった。私はくれると言ったら、もらうことにしている。断ったら角《かど》が立つからだ。

だから、4軒連続で栄養ドリンクを出されたときも我慢して飲んだし、コーラの1リットル瓶を出されたときも飲み干した。それでますます可愛がられるようになった。生活用品の大部分が貢ぎ物で、飲食費もおごり。給料は高くなかったが、生活はとても豊かだった。

もちろん営業だから、年度末にはノルマがかかってくる。だが、私は余裕だった。私のノルマを心配したたばこ屋さんが、白紙小切手を渡してくれていたからだ。ただ、営業所には毎日電話がかかってきた。

「森永さん、あまり大きな金額を書かれると、うち倒産しちゃうんですけど」

「大丈夫。端数調整に使うだけだから」

ところが、年度末の最終日、私の集計ミスが発覚した。数百万円、売上げが不足していたのだ。私は迷うことなくその金額を小切手に書き込んでノルマを達成した。

その後、私は転勤してしまったのだが、その店は倒産せず、持ちこたえたそうだ。

運命の出会い

社会人４年目の１９８４年、私は経済企画庁総合計画局労働班に出向した。

そこで中名生隆《なかのみょうたかし》という計画官（課長）に出会った。彼は、部下を集めてこう言った。

「良い情報は後回しでいい。まずい情報はすぐに上げろ」「自信のある仕事は締切まで自由にやれ。ダメだと思ったら、すぐに上げろ」

指示はそれだけだった。そして、日中はずっと新聞や本を読んでいた。しかも、終業のベルが鳴ると、引き出しからウイスキーの瓶を取り出して、毎日、自分の席で顔が真っ赤になるまで、ひたすら飲んでいた。

その後、中間管理職の副計画官（課長補佐）が人事異動で空席となったため、私が事実上の労働班のトップとなった。

中央官庁では、課長補佐が中心になって仕事を仕切る。だから私は、責任のある仕事を自由にさせてもらえるようになった。あまりに仕事が面白くて、毎日午前2時とか3時まで働いた。

ある日、国会質問の事前通知で、政策の経済効果を問う質問が出た。難しい推計で、私の手にあまった。私は計画官の指示を思い出し、相談した。

赤い顔をしていた計画官が突然毅然として、データの取り方から、推計の計算式まで、じつに的確な指令を下し、推計はあっという間に完成した。計画官は、危機対応のために、毎日席で酒を飲んでいたということを初めて知った。

中名生計画官の危機管理能力の高さは、海外出張でも発揮された。

日仏経済専門家会議に計画官と局長が、かばん持ちの私を帯同してパリに向かった。私は会議の議事録作成という役割も与えられていた。会議は英語で行なわれる約束になっていたが、途中から局長が突然、得意のフランス語でしゃべり始めてしまった。

私は顔面蒼白となった。何を言っているのかまったくわからないから、議事録が作れない。

私は、フランス語で話した出席者のところに飛んでいき、「いま、なんと発言したんですか」と聞いて回って、なんとか議事録の作成にこぎつけた。会議で中名生計画官は、ずっと日本語で話をしていた。それを大使館の通訳が英語に訳していた。

会議が終わって、われわれはＯＥＣＤ（経済協力開発機構）の日本代表部を表敬訪問し、その足で日本に戻る航空機に乗るため、シャルル・ド・ゴール国際空港へと向かった。

局長は大使館のクルマに乗り込み、私と計画官はタクシーだった。ところが、空港への道中で私は重大なミスに気づいた。会議で配布された資料をすべてＯＥＣＤの日本代表部に置き忘れてきてしまったのだ。

私は焦ってドライバーに英語で話しかけた。いますぐＯＥＣＤに戻ってほしいと伝えたのだが、ドライバーは英語をまったく理解しなかった。クルマはどんどん空港に向かって走っていく。私は目の前が真っ暗になった。

ところが、そこで突然、中名生計画官が流ちょうなフランス語でしゃべり始め、タクシーはOECDに一度戻って、事なきを得た。私は1年あまりジュネーブに住んでいたので、フランス語はしゃべれなくなっていたものの、その人のフランス語能力はわかる。計画官のフランス語は完璧だった。

「計画官はフランス語がしゃべれるんですね」という私の問いかけに計画官は、

「昔、パリのジェトロで働いたことがあるからね」と言った。

「だったら、会議のとき、なぜフランス語を話さなかったんですか」

「森永、なぜ大使館に通訳専門官がいるかわかるか。外交の場というのは、正確な言語のニュアンスまで問われるんだ。中途半端な語学能力で現地の言葉を使うと、あとあとトラブルの原因になるんだよ」

あえて誰とは言わないが、ある外務大臣は、海外出張の際、自らアポイントを取り、そして語学能力を生かして、積極的に英語で会話をしているという。それが能力の高さの証明だと言われているのだが、私は「本当に大丈夫なのか」と思ってしまうのだ。

ちなみに中名生計画官は、その後、事務方トップの事務次官にまでのぼり詰めた。

最後の責任は上司が取ってくれることを知った私は、興味の赴くまま、自分の仕事以外にも手を出していった。

そして、経済モデル（将来を予測するための経済の模型）をいじっているとき、近い将来、株価や地価が暴騰することを知った。１９８５年のことだ。

私は「バブルが来るぞ」と庁内を叫んで歩いたのだが、誰も信用してくれない。頭にきた私は、所沢に２６８０万円の中古の戸建て住宅を購入した。年収３００万円で、住宅ローン金利が７％の時代だ。長男が生まれていたのに、わが家の月給は、住宅ローンを支払うと手取り６万円台という極貧生活に陥ってしまった。夕食のおかずがどんどん悪化していき、おかずが「ひじき」だけという日まで出てきた。それでも節約のおかげで生活はなんとかなったが、たとえば、同期が結婚すると、お祝いが出せない。

困った私は「省力と自動化」という雑誌に、ニュース解説記事を１コマ５０００円で書かせてもらうことにした。そのとき、ライターの先輩から忠告されたことがある。「親が死んでも締切厳守」ということだ。

生活苦から仕事を始め、これまでつねに20本以上の連載を抱えてきたが、穴を開けたことは一度もない。住宅ローンのおかげで、私は「物書き」という新しい遊びを手に入れることができたのだ。

三井情報開発とバブルの恩恵

経済企画庁の仕事があまりに面白かったので、私は役所への残留を望んだ。

だが、運悪く公務員上級職試験（現在の総合職試験）の受験可能年齢をわずかにすぎていた。そのため、計画官のアドバイスにしたがって、シンクタンクに転職することにした。１９８６年のことだ。

最初は三井情報開発という三井物産系のシンクタンクに入社したのだが、受託調査といって、官庁や民間企業から依頼を受けて、調査・分析を行ない、報告書を納品するという業務を始めた。そこに私が予測していたバブル経済がやってきた。

私と同世代の人でも、「バブルの恩恵などなかった」という人が多いのだが、それは業種によるのだと思う。バブルに踊ったのは、金融、保険、不動産、商社、マスメディアといった一部の業種だけだった。私が転職した三井情報開発は、商社の子会社だったから、バブルにどっぷりと浸かった。

私はメンバー8人のチームに所属していたのだが、年間の営業目標を立てるとき、チームリーダーが、会社の指示より2000万円上乗せした計画を作れと言った。

「なぜそんな必要があるんですか」と聞くと、「2000万円は遊びに使うカネだ」と言われた。

仕事はいくらでもあった。「マイアミの金融市場を現地調査しましょう」なんて企画提案も簡単に通ってしまうほどだった。もちろんマイアミの金融機能はたいしたことがなかったから、私はあまった時間をフロリダのディズニーワールドですごした。

イタリア、サンタ・マリア・イン・コスメディン聖堂「真実の口」を"現地調査"

そして私は、余裕資金を使って、欧米やアジアを飛び回った。1年間で世界を3周するくらいの勢いだった。若造なのに、飛行機はすべてビジネスクラス、高級ホテルに泊まり、関係各所へのお土産まで会社持ちだった。
北米のドーム球場の調査の

仕事も決まった。カナダ・トロントのスカイドーム（現ロジャーズ・センター）を訪ねたついでに、「周辺調査」という名目でナイアガラの滝をヘリコプターで視察した。ところが、滝の上空でエアポケットに入り、ヘリは滝壺に向かって真っ逆さまに急降下した。

水面に衝突する寸前でヘリは態勢を立て直し、墜落を免れたが、私はそんな操縦をするパイロットに腹を立てていた。ただ、態勢を立て直した直後、パイロットに感想を聞かれて、私の口をついて出てきたのは、「オー、エキサイティング」だった。そんな英語力でも仕事になったのだ。

バブルのおかげで世界を回ることができて、世界に土地勘ができた。そして、バブルのおかげで、金融から新ビジネスまで、さまざまな仕事に携わることができ、視野が広がった。ただバブルも末期になると、総合研究所の業績にも陰りが出てきた。そんななかで会社が利益率の低い総合研究所の経営を問題視しはじめていた。

ある日、ビジネス雑誌に三井情報開発の企業紹介広告が掲載された。ところが、その広告には、私が働く「総合研究所」の部署名がなかった。私は研究員数名とともに社長室に押しかけた。

「社長、総研をやる気がないんですか」

社長はこう言った。「ああ、やる気はないんだ」

当時、総合研究所は黒字だったが、システム開発部門のように2ケタの利益率は出していなかった。社長は利益率の低い総合研究所をシステム総研に改組すると言い出したのだ。社会科学系の研究員は、即座に「転職研究会」を組織し、勤務時間外に転職先を探った。その結果、半数くらいの研究員が転職した。私もそのなかの一人だった。私が転職先に選んだのは、会社が設立されてまもない三和総合研究所（現・三菱UFJリサーチ&コンサルティング）だった。

理想の会社を作る

世のなかには、どんな仕事を、どのようにするのかを上司が明確に指示してほしいと言うサラリーマンがたくさんいる。

しかし、本当にそんな仕事の仕方をして楽しいだろうか。少なくとも私が仕事をしていて、一番幸せを感じるのは、自分の思いのままに仕事をさせてもらうことだ。だから、まかせてもらうと燃えるのだ。

1991年に三和総合研究所に転職したとき、社長の松本和男氏の最終面接を受けて「懐が深い人だな」とは感じていたが、正直言ってそれが三和総研を選んだ基準ではなかった。転職活動のなかで最初に内定をくれたのが三和総研だったから決めたのだ。もちろん、自由の香りを三和総研からかぎ分けていたのは事実だが、実際に出社してから心底驚いた。三和総研は、シンクタンクとしての体《てい》をまったくなしていなかったのだ。

1985年に設立されてから6年が経っていたが、銀行調査部を移管した調査部は別として、受託調査を行なう研究開発部は、銀行からの出向者が部長とプロジェクトリーダーを務め、新入社員の研究員を指導するという形を取っていて、どこにもシンクタンク業務に精通したプロがいなかったのだ。

もちろん、銀行員は素質の面では有能だし、地域開発案件などでは銀行業務とダブっている部分もあるので、そこそこの成果はあったのだが、私がやろうとしていた経済分析の分野は、まさに荒野だった。何しろGDP（国内総生産）統計が掲載されている『国民経済計算年報』も買っていない状態だった。その他の基礎的統計も、古いモノはまったくなく、私は、古本屋から統計を買いそろえることから始めなければならなかった。

しかもシンクタンクの常識はまったく通用していなかった。たとえば、統計を含む書籍は、プロジェクトが終わったら捨ててしまえというのが当時の社内の雰囲気だった。場所を取るから無駄だというのだ。一度、私が昔の国勢調査を古本屋からまとめ買いしたときは、社内で「せっかく稼いだカネを森永が無駄遣いしている」という批判を受けたくらいだった。

そうしたなかで、松本社長の経営方針は、何より嬉しかった。彼の示した経営理念は「ヒューマニズムに立脚した、ロマンティシズムとリアリズムの両立」、そして「自由と自己責任」というものだった。

研究所なのだから、公正中立な研究を、採算を度外視してでもやらなければならないこともある。しかし、三和総研は株式会社なのだから、赤字を出し続けたら会社が存続できなくなる。だから、やりたい研究と採算を両立させなければならないということだった。

そして、もうひとつ松本社長が口を酸っぱくして言い続けたことがある。それは、いかなる理由があっても談合などの不正取引に関与してはならないということだった。もう時効だから、書いてしまおうと思う。当時は、シンクタンク業界でも談合はしばしば行なわれていた。仕事量を平準化するためだ。

調査募集の説明会があると、誰が言い出すでもなく喫茶店に集まって、この調査はどこのシンクタンクがやるのがよいのか話し合っていたのだ。この談合の習慣は、ODA（政府開発援助）がらみの調査の場合にとくによく行なわれていた。だから、談合を一切拒否していた三和総研は、仲間に入れてもらえず、ODA関係の調査がなかなか受注できなかった。そのため、ODAを担当する国際部門は大きな赤字を出していた。

私は松本社長の部屋に直接言いに行ったことがある。

「このままでは、ODAの予算は取れません。多少、他社と仲良くすることを考えたらいかがですか」

私がそう言うと、社長はこう言った。

「いささかたりとも世間から疑われるような行動をしてはいかん」

「そんな立派な建前ばかり言っていると、いつまで経っても黒字化できませんよ」

「黒字化よりも不正をしないことのほうが大切だ」

「それじゃ、会社がつぶれるじゃないですか。どうやって会社の経営を維持しようと考えているんですか」

「そんなことは現場のキミたちが考えることだ」

自由と自己責任というのは、そういうことだったのだ。会社が示すのは、経営の根幹に関わる経営理念だけだ。その他のことは、社員一人一人が考えればよい。究極の権限委譲だった。

私は、松本社長の理念を実現すべく、三和総研の人事評価制度の大改革に取り組んだ。研究員の最大の不満は、銀行から出向してきた部長が、シンクタンク業務のことをわかっていないくせに、研究員の評価を行ない、給与や賞与、そして人事を決めていることだった。

私が決めたのは、会社や部長から人事権と評価権を奪うことだった。

受託調査で得られた粗利益は、実際にプロジェクトに携わったプロジェクトリーダーが、メンバーの研究員に分配する。そこには人事部や部長の判断が一切入らない。研究員の年俸は、年間で稼いだ粗利の合計で、自動的に決まる。ただ、この方式だと、プロジェクトリーダーが不公平な分配をしかねない。そこで、人事権は研究員本人が持つことにした。もし、プロジェクトリーダーが不公平な分配をしたら、研究員は違う部署に異動できるようにしたのだ。

プロジェクトリーダーが自分だけに手厚い分配をすると、研究員が逃げて行き、会社でひとりぼっちになってしまう。だから、適切な分配をせざるをえないのだ。

この人事評価制度の大改革は、三和総研の命運を大きく変えたと私は自負している。研究員は、誰の指示を受けることもなく、自分のやりたい仕事をやりたいだけやって、その成果も、結果責任もすべて自分のものになるからだ。

新しい制度の下で、自由と自己責任が貫徹されるようになってから、私自身も死ぬほど働き、ガンガン稼いだ。その分、言いたいことを言い、やりたいことをやった。年収も社長の年収をはるかに超えた。ただ、出る杭は打たれることになる。

UFJ銀行が東京三菱銀行に事実上吸収合併されたあと、私は三菱からやってきた新しい経営陣の目の敵にされた。

経営陣から権力の源泉である人事権と評価権を奪ったのだから、当然かもしれない。

三菱UFJリサーチ&コンサルティングは、その後成長を続け、いまや日本一のシンクタンクに発展したのだが、私は事実上会社をクビになった。

いまの経営陣のあいだでは「二度と森永のような社員を生み出してはならない」というのが基本方針になっているそうだ。

大きな転機

三和総研時代、大きな転機が訪れた。講談社の新任副部長研修の講師の仕事が飛び込んできたのだ。まだバブルの余熱があった時代なので、講談社でも大量の副部長が誕生していた。

そこで新任副部長を2チームに分けて、「高齢化社会の展望」という同じ話を2回してほしいということだった。

ところが、いざ講義を始めてみると、後ろに人事部の人たちが同席していた。彼らは、同じ話を2度聞くはめになる。それは可哀そうだと思って、2チーム目の講義のとき、私は高齢化の話を半分に濃縮して、残りの時間を恋愛経済学の話をした。密かに積み重ねてきた悪女の研究の話や、ヴェルナー・ゾンバルトの「恋愛と贅沢と資本主義」の話をしたのだ。これがウケた。

ほどなく「小説現代」担当の新任副部長から電話がかかってきた。講義で話したことを書いてくれませんかと言う。だから、私のデビューは「小説現代」なのだ。

そして、「小説現代」を読んだ講談社出版部の編集者から連絡があり、この原稿を膨らませて書籍にしたいという。好きなことを書かせてくれるのだから、私は喜んで引き受けた。そして1994年に『悪女と紳士の経済学』が発売された。

賛否両論を巻き起こしたこの本はたいへんな評判を呼んだ。聞くところによると、書評は100を超えたという。文芸評論家の斎藤美奈子さんも書評を書いてくれた。「ちょっと、どうなのよ」と言いながら、新しい視点を褒めてくれた。そのままこの本がベストセラーになれば、成功物語だったのだが、世のなか、そううまく行かない。カテゴリーキラーの本は書店に置き場がなかった。そのため、この本は初版絶版になってしまったのだ。

ただ、出版界では大きく認知されたため、その後、私の抱える連載は、ピーク時には30を超え、毎年何冊も本を出版できるようになった。ちなみに『悪女と紳士の経済学』は、その後、文庫本にもなった。まったく売れずに、初版絶版になった本が文庫になるというのも珍しいことだろう。

それもこれも、私の新任副部長研修での、ちょっとした遊び心がもたらした成果だった。真面目に仕事をしていたら何も起きなかったのだ。

もうひとつ、三和総研時代、私は初めてテレビのレギュラー番組を持つことになった。テレビ神奈川が、三和総研でエコノミストを務める嶋中雄一氏にコメンテーター就任を依頼してきた。

ところが、ちょうど嶋中氏がテレビから引退する決意を固めた時期だったので、依頼を断った。「誰かほかによい人はいませんか」というテレビ神奈川の問いかけに、嶋中氏が私の名前を挙げたのだ。

ところが、「ＺＯＮＥ」というその番組は、番組制作費を政府が負担する間接広報番組だったので、内容が真面目でコメンテーターの自由もほとんどなかった。唯一の自由は、番組最後に設定された「コメンテーターの今日のまとめ」というコーナーだった。

そこで私は、その日のテーマをすべて男女関係に置きかえて、まとめることにした。

たとえば、財政赤字の問題に関しては、夫が山のような借金を抱えていても、妻がそれ以上に貯金をしているので、世帯全体としては破たんしないんですよ、と政府の借金と国民の貯蓄の関係を解説したのだ。

それを面白がったテレビ神奈川のディレクターが新しく始まるバラエティー番組に私を呼んでくれた。その番組で、私は自分のコーナーを作った。

「1週間の新聞記事のなかから気になる話題をすべて男女関係に置きかえて解説する今週の瓦版のコーナーです」

ディレクターは、数カ月でネタ切れすると思っていたそうだが、私は2年以上続けた。こう書くとすんなり行ったように思えるかもしれないが、番組開始前には、ひと悶着あった。

三和総研が、会社の権威が落ちるので、会社の名前をバラエティー番組で使ってはいけないと言ってきたのだ。私は、肩書きなしで出演しようとしたのだが、ディレクターが、それはダメだと言う。日本は肩書き社会なので、なんらかの肩書きが必要だと言うのだ。「そんなことを言っても、ほかに肩書きなんてないぞ」と言う私に、ディレクターは「一晩考えさせてください」と言い、「経済アナリスト」という肩書きをひねり出してきた。

つまり、経済アナリストというのは、意味のない符号なのだ。それから30年が経ち、日本には１００人以上の経済アナリストがいる。彼らはいったい、なんの仕事をしているのだろうか。

「ニュースステーション」の約束

テレビ神奈川でやったおふざけは、思わぬ展開をもたらした。

１９９９年、テレビ朝日の「ニュースステーション」のディレクターから突然、「一緒に食事をしながら飲みませんか」という電話がかかってきた。

「それはタダですか？」

「もちろんです」

「だったら行きます」

毎日夜中まで残業して、粗食を繰り返していた私は、タダ飯と美酒に酔いしれた。

もちろん、世のなかにタダがあるはずがない。帰り際に、ディレクターがつぶやいた。

「森永さん、一度ニューステーションに出てみませんか」

その直前、朝日新聞出身のコメンテーターが、文春砲に不倫スキャンダルを撃たれ、後任を探していたのだとあとから聞いた。私は即答した。

「久米宏さんと渡辺真理さんのサイン入り名刺と引き換えなら出ます」

当時、私は有名人のサイン入り名刺をコレクションしていて、絶好のチャンスだと思ったのだ。

初回の放送日、テレビ朝日に到着した私は、生放送前に約束の履行を求めた。

「サイン入り名刺をくれなかったら、スタジオに入りません」

ディレクターはちょっとだけ嫌な顔をしたが、2人のサイン入り名刺をもらってきてくれた。その時点で、私の仕事は終わった。

生放送の本番、私は適当に流した。何しろ仕事は終わっているのだ。

あとから聞いた話だが、その放送をテレビ朝日の幹部が目を凝らして見ていたという。新コメンテーター候補の値踏みをしていたのだ。

「こいつは、どんな質問を久米さんが振っても、動じないのですごい」ということになり、それから私は新コメンテーターとして番組に加わった。私は単に仕事が終わって流していただけだったのだが、テレビ朝日幹部の勘違いからコメンテーター就任が決まったのだ。

番組に参加して、久米宏さんが努力の人だということがわかった。ゲストの著書や資料はすべて読み込んでくるし、あらゆる勉強を怠らなかった。番組で出せるのは、その数パーセントなのだが、あらゆる想定をしているので、どんな事態が起きても、対応ができたのだ。真剣に仕事をしているから、緊張もする。生放送前には、久米さんの手が震えていた。

「毎日やっていて、なぜ緊張するんですか。ボクなんて、ぜんぜん緊張しませんよ」

「緊張しない奴は成長しないぞ」

たしかに、それ以降、私は一向に成長していない。

ラジオという自由の大地

「ニュースステーション」出演の効果は大きく、それから私は多くのテレビやラジオに引っ張りだこになった。とくにどっぷり浸かったのがラジオだ。ラジオはテレビより自由度が高いからだ。

　ニッポン放送で「ショウアップナイターニュース」という番組を松本秀夫アナウンサーと一緒にやったとき、番組宣伝のために、直前に放送されていた笑福亭鶴光師匠の番組に乗り込んだ。鶴光師匠がなぞかけを出題してきた。

「アスパラガスとかけて」

　松本秀夫アナウンサーは「アシスタントの小野礼子さんと解きます」

　その心は「まっすぐすくすくと育っています」。

「なんや、ふつうやな」と鶴光師匠。「森永、やってみい」

「アスパラガスとかけて乳頭と解きます」と私。

「マヨネーズをかけると美味しく食べられます」

　それが気に入られて、私は鶴光師匠の弟子にしてもらった。笑福亭呂光（しょうふくて～ろこう）という名前だ。「しょうふくてエロこう」と名前にエロが潜んでいる。いまでも、どんなお題でも乳頭で解くという日本唯一の「乳頭なぞかけ」を得意技にしているのだが、残念ながらニーズがほとんどない。ただ、似たようなことをずっとラジオでやり続けた。

「ショウアップナイターニュース」は、プロ野球のシーズンオフに放送される番組だったので、私は夕方に新番組として放送されることになった「垣花正のニュースわかんない⁉」に毎日コメンテーターとして出演することになった。そこで垣花正アナウンサーと出会うことになった。

私はすぐに彼の才能を見出した。垣花アナ自体が面白いわけではない。彼の最大の持ち味は、脳みその瞬発力だ。どんなに私が暴走したコメントをしても、しっかりと受け止めて球を返してくる。だから、垣花アナが一番輝くのは、隣に頭のおかしなコメンテーターを置いたときだ。もちろん、その代表格は私だった。

当時から私は「垣花正は、未来のみのもんたになる」という予言をしていた。その予言はある程度当たった。彼はいまニッポン放送で「垣花正　あなたとハッピー！」という帯番組のMCと、TOKYO MXで「5時に夢中！」という帯番組のMCを担当している。テレビとラジオの帯番組のMCを並行してやっているのは、日本で彼だけだろう。

私は、垣花アナとともに「垣花正のニュースわかんない⁉」という夕方の帯番組で活動したあと、それが2004年に「森永卓郎の朝はモリタク！もりだくSUN」という番組に発展し、初めて自分の冠番組を持つことになった。そして、2005年に番組タイトルが「森永卓郎　朝はニッポン一番ノリ！」に変わり、2006年からは再び垣花アナをパートナーとして迎えることになった。

ただ、私は垣花アナの守備力に甘えていたのだと思う。なぞかけのコーナーで、お題が「電話」だった。私は例によって「電話とかけて乳頭と解きます」。その心は「赤とピンクと黒があります」。

生放送中にニッポン放送の部長が怒鳴り込んできた。「森永、黒はないだろう」

「あのう、黒い人もいるんですけど」

「原因はそれだけではない」と言われているが、私はそれがきっかけで、しばらくニッポン放送から干されることになった。

それから4年後の2011年、私は山手線の車内で垣花アナとばったり出会った。「もう一度一緒にやりませんか」。彼の誘いで、私は「垣花正　あなたとハッピー！」のコメンテーターとして復帰することになった。

それから13年、彼との共演を続けるなかで、自由に発言させてもらっているが、私も少しだけ進化した。それは朝からエロネタをあまりやらなくなったことだ。

モリタクゼミの改革

三菱ＵＦＪリサーチ&コンサルティングを退職した私は、２００６年から獨協大学で教授の仕事を始めた。それまで泡のような仕事ばかりを続けてきたので、少しは次世代の育成という形で社会に貢献しようという気持ちもあった。

自分のゼミを持ち、学生と家族のように付き合うなかで、私を悩ませたのは、どうやって学生の就職を支援するのかということだった。

たまたま私のゼミにとても優秀な女子学生がいた。成績は、おそらく学年でもベスト10に入っていただろう。性格も優しくて、真面目で努力家で非の打ち所がない学生だった。ところが、いざ就活が始まると、一向に内定が取れない。その傍らで、チャラチャラと楽しい学生生活を送ってきた同級のゼミ生が次々に、しかも結構よい企業の内定を取ってくる。

その差はいったいなんなのだろうと思った。そこで女子学生にゼミのあと、少しだけ残ってもらって、面談をした。

原因はすぐにわかった。視線を下に落とし、ぼそぼそとしゃべる。質問をしても、すぐに答えが返ってこない。力がないのではない。極度の緊張で、頭が真っ白になってしまっているのだ。

そのとき私は決断した。ゼミでカビの生えた経済理論を教えても、なんの役にも立たない。アカデミズムの世界に進もうと考えている学生は皆無だったからだ。

私は、新しくゼミに入ってきた2年生の春学期から夏休みの合宿までの半年間を中心に、徹底的なプレゼンテーション能力のトレーニングをすることにした。

なぞかけ、川柳、即興漫才、一発ギャグなどだ。もちろん、発想力、構成力、表現力というものが、どのような仕掛けになっているのかという理論面での解説も並行して行なった。

トレーニングのなかでも学生が一番嫌がるのがモノボケだ。机にグッズを並べ、それを使ってボケる。ゼミ生は自分の順番が来たら、必ずやらないといけない。ただ、90分間続けると、少なくとも10回以上ボケないといけない。当然、途中からネタ切れになる。それでも続けないといけない。「黙るよりスベれ」。これが森永ゼミのモットーだ。スベって、スベって、スベりまくると、やがてどんな状況でも決して動じない鋼《はがね》の心臓ができあがる。

「森永ゼミは、芸人の養成所をやっている」という批判もあったが、私は確信を持っていた。そして、このトレーニングが、のちに就活で圧倒的な力を発揮することになったのだ。エントリーシートの段階では、もちろん有名大学に負けることはある。

しかし、ひとたび面接まで持ち込めば、私のゼミ生は無敵の力を発揮した。ある大手電機メーカーの最終面接でのことだ。その会社の売りは「成長力と技術力と国際展開」だった。最後の役員面接で役員がこう言った。

「キミたち、わが社への志望動機を『成長力と技術力と国際展開』以外で、３つ挙げて述べなさい」

即答できたのは、私のゼミ生だけで、彼だけが内定を獲得したという。

もちろん、極端なことをしているのは、２年生の春学期だけで、２年生の秋学期では、ゼミのテーマである労働経済学関連のテーマを２～３人で分担して、プレゼンテーションをする。そして、３年生には一人一人自分のやりたいテーマで自由に発表をしてもらう。どんなテーマでも構わない。表現の方法も、完全な自由だ。ＶＴＲを作ろうが、歌おうが、踊ろうが、完全に自由だ。私は彼らに自己表現の舞台を提供したいのだ。2年生のときにプレゼンテーション能力のトレーニングを徹底しているのはこの舞台を成功させるためでもある。

ただ、「何をやりたいのか」までは教えることはできない。それを早い段階から突き詰めている学生は、強いし、成長する。

ゼミの卒業生に白武ときおという放送作家がいる。鈴木おさむ、小山薫堂《くんどう》、高須光聖《みつよし》のあとを継ぐ新世代の放送作家として期待されており、とくに霜降り明星とは、数多くの番組を手掛け、粗品さんからは「第三の霜降り明星」とも呼ばれている。

彼は学生のときから発想力が抜き出ていた。たとえば、モノボケのとき、彼は「たわし」を教卓の上に置き、じっと見つめたあと、こう言った。

「ごめんね。キミを飼うことはできないんだ」

彼以外にも、たとえば学生時代にアメリカに出かけて行って、たった一人でCM映像の企画、キャスティング、撮影、編集までをやって、低コストで高品質の作品を提供するビジネスモデルを持ち帰ってきて、大成功した学生もいるし、「浅煎りコーヒー」のビジネスを突き進んだ学生もいる。ちなみに彼の3年生のときの発表は、バリスタとしてゼミ生に浅煎りコーヒーを振る舞うことだった。

そのほか、役者の道を進んだのが2人、ミュージシャンが1人、そしてお笑い芸人となったのが3人いる。彼らはいまだ成功しておらず、アルバイトなしでは生活できていない。

ただ、私は彼らが不幸だとはまったく考えていない。自由に好きなことを続けることこそが、幸福な人生につながるのだ。

私が大学でやっているのは、自由に表現することができる技術を教えることだけで、何をやりたいかは、本人が考えることなのだ。

B級で、おバカだけれど、ビューティフル

私はこれまで60年近くにわたってコレクションを続けてきた。

ミニカー、グリコのおもちゃ（おまけ）、空き缶、食品パッケージ、携帯電話、デジカメ、ウォークマン、フィギュアなど、コレクション総数は60種類、12万点に及んでいる。

コレクターの常として、いずれ博物館として公開し、多くの人に見てもらいたいと

言う人が多いのだが、私はそれを実行した。２０１４年10月、私のコレクションを展示する「Ｂ宝館」という私設博物館を新所沢にオープンしたのだ。

中古のビルを１億２０００万円で買収し、内装をやり直し、特注の棚を作り付けて、総額で１億８０００万円もかかった。20年近く、１日も休まずに働いてきたおかげで、すべてキャッシュで支払うことができた。

Ｂ宝館のＢは「Ｂ級で、おバカだけれど、ビューティフル」のＢだ。

私にはずっと美術館に対する違和感があった。たとえば、国立西洋美術館にルーベンスの絵画がやってくる。すると一目ルーベンスを見ようと大行列ができる。ルーベンスは素晴らしいのかもしれないが、どれだけの人がルーベンスの業績、技術、時代背景などを理解して見ているのだろうか。うがった見方かもしれないが、「ルーベンスを見ている私って素敵」と思って眺めている人が大部分のような気がして仕方がないのだ。

私は本当のアートは、日常の暮らしのなかにこそ存在すると考えている。

たとえば、ふだん気にすることもないペットボトルのフタだ。私は、日本のペットボトルのフタは、工業デザインと技術の粋《すい》を集めたアートだと考えている。日本では、工夫をこらしたデザインのフタが当たり前になっているが、海外ではフタに高い関心が払われていない。だから、フタを指でこすると、印刷がはげてしまう。途上国では印刷そのものがない国も多い。

もうひとつ、たとえばグリコのおもちゃは、厳しいコストや安全性の制約のなかで、子どもたちにいかに遊んでもらうかという創意工夫の塊だ。グリコのおもちゃを年代ごとに並べていくと、時代背景が浮かび上がってきて、これぞアートだと思えてくる。私は世間がアート性に気づいていないだけだと考えている。

たとえば、江戸時代に使われた留め具である「根付《ねつけ》」は、かつて骨董市で二束三文で売られていた。しかし、根付がアートだという認識が世界に広がって、いまや1つ1000万円以上の評価がつくものも出てきている。グリコのおもちゃもいずれそうなると私は信じている。

もちろん、私のコレクションに対する評価はまだまだ低い。一度、日本テレビの番組が、鑑定士と弁護士をともなって、一日がかりでB宝館の全館鑑定をした。

夕方にその鑑定結果が出た。評価結果は「ゼロ」だった。

「いくらなんでも、それはないんじゃないですか」と言うと、「たしかにプラスになるものもあるんですが、大部分の展示品に産業廃棄物の処理料がかかるので、実質ゼロなんですよ」と鑑定士。そこに弁護士が首を突っ込んできた。

「森永さん、よかったじゃないですか。これで相続税は一切かかりませんよ」

そういう問題ではないのだ。ただ、石の上にも10年が経過して、B宝館の理解も確実に進んできている。

開館当初は、1日の入場者数が10人に満たない日が続いたが、いまではコンスタントに100人を超えている。しかもがん宣告以来、私は店頭に立っていないにもかかわらず、集客は落ちていない。つまり、B宝館のコレクション自体が入場者を集められるようになってきているのだ。現在の経営状況はようやく直接経費が賄えるようになった段階で、人件費はまったく稼げていない。ただ、家族だけで運営しているおかげで、経理上はすでにトントンまできている。

さらに評判は世界に広がってきた。先日、メキシコからわざわざ来てくれたお客さんがいた。彼はB宝館のコレクションを絶賛した。「日本でもさまざまな美術館や博物館を訪問したが、そこに展示されているものはカネで買えるものばかりだった。ここに展示してあるものはカネで買えないものばかりだ」というのが彼の評価だった。

これがB宝館だ！

ミニカー、グリコのおもちゃ、不二家ペコちゃん、ドラえもんから、著名人のサイングッズまで、50年にわたって蒐集のコレクション約12万点を展示

所在地 埼玉県所沢市けやき台2－32－5
（西武新宿線新所沢駅より徒歩10分）

開館時間 毎月第一土曜日　12：00～18：00

入館料

大人	：800円
シニア（60歳以上）	：600円
学生	：600円
子ども（小学生以下）	：400円

オフィシャルサイト https://bhoukan.com/

B宝館入場割引クーポンは
こちらから

たしかにB宝館のコレクションはふつうならゴミ箱に捨てられてしまうものがほとんどだ。

ただ、荒俣宏さんは、「どんなゴミも100年持てば宝に変わる」と言っている。だから、B宝館は100年後には世界遺産に認定されると私は思っている。

くだんのメキシコ人は、感動のスピーチを重ねたあと、ぜひこれを差し上げたいと、よく知らないメキシコプロレスラーのフィギュアを置いて、国に帰っていった。

第6章

素敵な仕事、自由な人生

歌人になりたい

ここまで比較的うまくいったことばかり書いてきたが、もちろんうまくいかなかった仕事もある。そのほうが多いかもしれない。

私は、生活のために必要不可欠ではない仕事ほど、素敵な仕事だと思っている。その典型が歌人だ。短歌があったからといって、お腹は膨れないし、生活も便利にならない。ただ、歌は私たちの心を豊かにしてくれる。そして、生活に直接役立たないものだからこそ、それを作るのには高い技術と感性が求められる。アーティストにしかできない仕事なのだ。

女流歌人と2人で神戸の街をぶらぶらするというNHKのテレビ番組があった。おしゃれなレストランやショップをめぐりながら、他愛のない話を続けるというゆるいロケだったのだが、一緒の時間を共有するなか、女流歌人の純粋な心と繊細な感性に触れることで、私の心はどんどん彼女に傾いていった。

もっとはっきり言うと、私は彼女に恋をしてしまったのだ。

ふだん経済関係の仕事をしているので、私の周囲はゼニカネの下世話な話をする人間ばかりだ。そうした環境のなかで、世俗を超越した彼女はまるで妖精のように思えたのだ。

自分も歌人になりたい。そのときそう決意した。私はロケの後半、全知全能を傾けて、歌を詠むことに専念した。もちろん彼女への想いをたっぷり詰め込んだ恋の歌だ。ロケの最後の場所は、夕方を迎えた芦屋川《あしやがわ》のほとりだった。これでもう彼女とは二度と会えないかもしれない。意を決した私は、短冊にできあがったばかりの歌をしたため、そっと彼女に差し出した。

短冊に目を落とし、少し考えていた彼女は微笑みながら、私にこう言った。

「森永さん、この歌は、そっと芦屋川に流しましょうね」

それ以後、彼女と会う機会はないが、芦屋川にはいまだに私の歌と儚く消えた恋が沈んでいるのだ。

ただ、とりあえず爪痕を残しておくことは重要だ。２０１８年に「ＮＨＫ短歌」という番組にゲストで呼ばれたのだ。歌人デビューの大きなチャンスだ。番組のエンディングで私は司会者にこう言った。

「ボクはこれから歌人として生きていきたいんですけど」

司会者は冷静にこう告げた。

「森永さん、いまの日本で、短歌だけでご飯が食べられているのは俵万智さん一人しかいないんですよ」

「わかりました。2番目を目指します」

その後、短歌の仕事の引き合いが来たことはただの一度もない。

歌手になりたい

私は、とにかく歌うのが好きで、いまでもラジオ番組では毎回歌っている。

文化放送の「大竹まことゴールデンラジオ!」では、毎回、番組冒頭で阿佐ヶ谷姉妹とコーラスをしているし、ニッポン放送の「垣花正　あなたとハッピー!」では、ニュース解説のときにも歌っている。歌いながら解説するコメンテーターは、私以外にいないのではないかと思う。

ただ、私は歌が上手なわけではないが、めちゃくちゃ音痴というわけでもない。

うまいか、下手か、どちらかに振り切っていれば、まだ活躍のチャンスもあるのだが、私の歌はとても中途半端なのだ。ラジオのゲストで来てくださる山内恵介さんや天童よしみさんや石川ひとみさんの歌を聴いていると、音程やテンポがとても正確であることがわかる。彼らは、それぞれ個性を持っているが、それは基本がきちんとできているうえでの個性なのだ。私は、いくら練習をしても、彼らのような次元にたどり着くことができない。

それでも好きなことを仕事にしたいと、十数年前には、カラオケルームでデモテープを作り、マネージャーにレコード会社にあたってもらったが、まるっきり引っかからなかった。つい最近も、番組にゲスト出演してくれた東京スカパラダイスオーケストラの谷中敦さんにいきなりオーディションをしてもらったが、１秒で落選してしまった。

それでも私が歌手をあきらめていないのは、ラジオのイベントでは歌わせてもらえるからだ。

これまで私が立ったステージは、日比谷公園、中野サンプラザ、よみうりホール、キンケロ・シアター、芝増上寺など、大きなステージばかりだ。そして、２０２３年

6月には、ついに東京国際フォーラムの舞台に立った。一流の歌手だけに許されるホールAという最大のステージだ。4000人の観客を前に歌うと、とてつもなく気持ちがよい。一度で病みつきになってしまった。

がんを克服したら、ニッポン放送主催で「モリタク歌謡祭」を開催してもらえることになっている。もちろん、小さな場所になるとは思うのだが、いまはがんとの闘いの大きな動機となっている。

頭のなかでは、すでに曲順のイメージを膨らませている。最後の歌は、髙橋真梨子さんの「for you・・・」に決めているのだが、そのほかは未定だ。考えるだけでワクワクしてくる。声もだいぶ出るようになってきたので、準備は万端だ。

童話作家になりたい

私は、童話作家になりたいと思い続けている。厳密に言うと、イソップ童話のような寓話《ぐうわ》が書きたいのだ。私はこれまで100冊を超える本を上梓してきたが、すべてが広い意味での経済の本だ。

しかし、そうした本が売れるのは、最初の数カ月だけで、すぐに誰も読まなくなってしまう。だから、時代を超えて生き残る作品を書きたいと思ったのだ。

ところが、経済の本を出してくれる出版社はたくさんあるのだが、童話の本を出したいと言うと、なかなか受け付けてくれない。出版寸前まで行ったことは数回あるのだが、最後の段階でうまくいかなかった。

ただ、私は夢を持ってはいけないと考えている。いつかできたらいいなというのは、一生できない。毎日1センチでもいいから、前進し続けることが必要だ。

そこで、ひとつのひらめきが生まれた。連載を童話に変えることだ。

ある地方新聞の連載を編集者の制止を振り切って童話にした。ただ、私の記事が評判になることはなく、逆に私の連載は打ち切られてしまった。

次に思いついたのが、経済の新著のあとがきを童話にすることだった。そうすれば、私の本の読者が、私の童話の価値に気づいてくれるかもしれない。ただ、これまで何冊もの本のあとがきを童話にしたのだが、残念ながら、私の童話はいまだ日の目を見ていない。

そして、さらに思いついた。本書のなかに、これまで書いてきた童話をまとめて掲載することだ。一見、本文とは無関係に思われるかもしれないが、私の人生観および死生感を凝縮したものだ。

童話の挿し絵は、ニッポン放送の前島花音《かのん》アナウンサーに描いてもらった。前島アナウンサーは「垣花正　あなたとハッピー！」というコーナーを担当している。商店街を訪ねて、その商店街やお店の魅力を聞き、それを題材に川柳を作り、リスナーさんの似顔絵を描いた色紙をプレゼントする。じつは私の誕生日にも、似顔絵イラストをプレゼントしてくれた。その画力は確かで、機会があったらイラストをお願いしたいとずっと思っており、今回の童話企画を話したら二つ返事で引き受けてくれた。正直言うと、この挿し絵がきっかけで、前島アナウンサーが「画家」としての地位を確立してくれたらと、私は密かに期待している。

ちなみに、私が童話作家になりたいという話は、ラジオのゲストでお招きした林真理子さんにもした。林さんはどんどんお書きなさいと励ましてくれたうえで、「モリオ」という童話作家としてのペンネームをつけてくれた。

だから、本書の童話の作者は、モリオになっている。

モリオ童話集

with
かのん

ヒツジ飼いの少年とオオカミ

村はずれの山のふもとに、ヒツジ飼いの少年がいました。

ヒツジたちはおとなしく、しかも少年は、ひとりぼっちで仕事をしていたので、暇をもてあましていました。

ある日、少年は格好の暇つぶしを思いつきました。

「たいへんだ、オオカミが来るぞ！」

少年の叫び声を聴いて、村人たちが大急ぎで集まってきました。

「オオカミはどこだ？」

少年は答えました。

「村人のみんなが駆けつけてくれる直前に、オオカミは一目散で逃げていきました」

「そうか、よくやったぞ。キミが大声をあげたから、オオカミが森山に逃げたんだ。ヒツジも村人も無事だった。本当によくやった」

村人たちは心の底から善人で、少年を疑うことさえしませんでした。それどころか、少年にほうびのお菓子を与えたのです。味をしめた少年は、しばらくすると、また叫びまし

た。

「たいへんだ、オオカミが来るぞ！」

またしても、オオカミは見つかりませんでしたが、善人の村人は、また少年にほうびを渡しました。

さらに調子に乗った少年は「オオカミが来るぞ！」と、繰り返し叫ぶようになりました。

その間隔はどんどん短くなり、ついには毎日のように叫ぶようになったのです。

「たいへんだ、オオカミが来るぞ！」

本当は、その村の周辺では、とうの昔にオオカミは絶滅していたのですが、それでも人を疑うことを知らない村人たちは毎回、駆けつけてきては、少年にほうびを渡し続けたのです。

それは突然やってきました。

ある日、少年が「たいへんだ、オオカミが来るぞ！」と叫んだのですが、村人は誰ひとりやってきません。

不思議に思った少年が村に出かけてみると、村人は全員、飢え死にしていました。

少年に毎日呼び出されるため、仕事もままならなくなり、少年にほうびを渡すために、蓄えを使い果たしてしまったのです。

その日から、少年は、天涯孤独になってしまいました。

お代官さまと農民

「本年から年貢の割合を6割とする」

そんなお触れ書きが、突然、高札《こうさつ》に書きこまれました。

農民たちは、代官所に詰めかけました。

「そんなことをされたら、われわれは生き残っていけません。肥料代や手間賃もあるんです。われわれの手もとには1割も残らなくなってしまいます」

「大丈夫だよ。農地を広げなさい。田んぼの面積を2倍にすれば、収入は減らないだろう」

お上《かみ》には逆らえないと、農民たちは荒れ地を開墾して、なんとか食べていけるように努力しました。

ところが、ようやく食べられる目途

がつくと、お上はまた年貢の割合を増やしてくるのです。

新しく開墾した田んぼは立地がよくないので、どうしてもとれるコメの量は少なくなってしまいます。やがて、農民たちは、食べるものがなくなって、次々に飢え死にしていきました。


そうしたなか、農民が生き残った集落がありました。

彼らは、ほんの少しだけ田んぼを作り、そこから年貢を払ったのです。もともと量が少ないので年貢もたいしたことにはなりません。もちろん、彼らが食べるコメはほとんど残りません。

それでは彼らはどうやって生き残ったのか。

彼らは山に入って、山菜をとり、ワナを仕掛けてイノシシやシカをとったのです。低脂肪、低糖質の食事をしているうえ、毎日山を歩き回るので、彼らはとても長生きできるようになりました。

しかし、彼らは知りませんでした。お代官さまが、山菜税や猪鹿税を準備していることを。

曜変天目茶碗《ようへんてんもくちゃわん》

一郎君は、お金持ちの家に育ちました。

もともとはふつうの家庭だったのですが、お父さんに商才があって、貿易業で大成功したため、家がお金持ちになったのです。

一代で財を成したお父さんはとても威厳のある人で、一郎君も厳しく育てられました。

そんな環境でも、一郎君は不良になることもなく、すくすくと明るく優しい少年に育っていきました。

中学校に入学して野球部に入った一郎君は、部活が終わっても、毎晩、自宅の居間で素振りの練習を続けました。

努力を積み重ねること以外に、野球がうまくなる道がないことを、少年ながら、よく知っていたからです。

ところが、ある日、素振りをしすぎて、バットが手からすっぽ抜けてしまいました。そして、運が悪いことに、そのバットは、居間に飾ってあった茶碗を直撃して、粉々に割れてしまったのです。

一郎君は青ざめました。

その茶碗は、父親がとても大切にしていた「曜変天目茶碗」だったからです。

曜変天目茶碗というのは、茶碗の表面に斑点《はんてん》がずらりと並び、その斑点の周りを虹色の光彩が取り囲んでいるものです。見る角度によって、虹の七色が次々に現れる様子は、まるでタマムシを見ているような感覚です。

一郎君の家にある茶碗を除くと、日本国内に現存する曜変天目茶碗はたった3点で、いずれも国宝に指定されています。

そんな茶碗を木端微塵にしてしまったなんて、一郎君はとても父親に言い出せませんでした。

悩んだ挙げ句、一郎君は父親が可愛がっている若手の陶芸家に相談することにしました。天才的な陶芸家で、どんな作風の作品でもコピーできる技術を持っていたからです。

陶芸家は、一郎君に同情して、本物そっくりの曜変天目茶碗を焼いてくれました。

幸いなことに、父親の鑑定眼はそれほど高いレベルでなかったために、すり替えが父親にバレることはありませんでした。

ところが、陶芸家はすぐに態度を豹変させました。

自分は貧乏作家だからと言って、カネを無心しはじめたのです。一郎君は、父親にバレないように、家の財産を少しずつ売り払って、陶芸作家にお金の工面をしました。

そんな苦悩の日々が10年も続いたあと、突然、一郎君の父親が亡くなりました。

一郎君は、父親の貿易会社を継いで、社長の椅子に座りました。

ただ、一郎君は、社長になったことよりも、父親の死によって、陶芸家にゆすられることがなくなるということが、ずっと嬉しかったのです。

ところが、すぐにまた危機が訪れました。

新社長になった一郎君のところに、パリで日本博を開催するので、その目玉として、曜変天目茶碗を貸し出してほしいという要請がきたのです。頼んできたのは、一郎君が輸出する商品をフランスで扱っている代理店の社長でした。

もちろん、展覧会に出品したら偽物であることがすぐにバレてしまいます。

そこに再び陶芸家が現れました。あの作品は、自分の技術が未熟だった時代に作ったものだが、いまの自分の技術だったら、絶対にバレない作品を作れる自信があるというのです。

一郎君は悩みました。ここで再びウソをつけば、一生陶芸家の言いなりになって、下手をすると会社を乗っ取られてしまうかもしれません。

意を決した一郎君は、出品を依頼してきたフランスの代理店の社長に、事情をすべて打ち明けることにしました。するとフランス人の社長は、微笑みながら、こう言ったのです。

「一郎が困った顔をしているのを見て、何かあるなと思っていたんだ。ただ、そんなことなら、解決は簡単だよ。一郎が茶碗を割ってしまったエピソードをつけて、ニセモノの曜変天目茶碗を出品しようじゃないか」

パリの日本博に出品されたニセモノの曜変天目茶碗は、たいへんな注目を集め、行列ができるほどの人気となりました。

この件で、一郎君の会社は世界的に有名になり、それ以降、順調な成長を遂げるようになりました。

悔い改めるのに遅すぎるということはなかったのです。

一方、曜変天目茶碗を作った陶芸家は有名にはなりましたが、彼が陶芸家として評価されることはありませんでした。

いくら技術が高くても、ニセモノはニセモノにすぎなかったのです。

新版 アリとキリギリス

「アリさん、何を必死に働いているんだい？」

「食べるものを巣の中に蓄えているんだよ」

「食べものなんて、いくらでもあるじゃないか。この草むらは、全部ボクの食べものだよ。キミたちの食べものだって、いくらでもこの草むらにはあるじゃないか」

「キミは、もうすぐ冬が来るってことを知らないのかい。冬が来たら草が枯れて、食べものは一切なくなってしまうんだよ。キミみたいにバイオリンを弾きながら歌ばかりを唄っていたら、冬に命をつなぐことなんてできないだろう」

「だからといって、朝から晩まで働き詰めというのは、どうかと思うな。いったい何が楽しみで生きているんだい？」

「楽しみなんて考えていないよ。とにかく女王アリさまのために働き続けることがボクらの使命なんだ」

「そんなこと言っていないで、ボクのバイオリンに合わせて、一緒に唄って、踊らないかい？」

「そんなヒマはないよ。一人でもサボったら、備蓄が足りなくなってしまうんだ」

　そんなある日、アリとキリギリスが暮らす草むらに、線状降水帯による豪雨が降りました。

浸水でアリの巣は破壊され、備蓄した食糧も腐り始めました。

わずかに残された巣のなかの小さな空間で、アリたちは身を寄せ合い、奇跡的に残された食糧を分かち合って、生き残ることができました。

一方のキリギリスは、風だまりの落ち葉の下で、なんとか豪雨をやりすごして、命拾いをしました。

豪雨の被害は凄まじく、雨上がりの草むらは、一面の荒野に変わり果てていました。

アリたちは全員の力を合わせて、巣の復旧に努めました。

巣自体は確実に復旧していきました

が、すでに秋が深くなっていて、冬を越すための十分な食糧の備蓄はもう不可能でした。

一方で、キリギリスはすぐにバイオリンを弾いて、歌を唄い始めました。

彼の食糧である草が、雨上がりと同時に一斉に芽吹き始めたからです。


1カ月後、アリが恐れていた冬が訪れました。

しかし、アリたちに残された食糧備蓄はとても少なく、食糧を食いつぶしたアリたちは次々に命を落としていきました。

「ボクたちの一生って、いったいなんだったのだろう」

それがアリたちの最期の言葉でした。

一方、冬の訪れとともに草が枯れていくと、食糧備蓄のないキリギリスも、最後のときを迎えることになりました。キリギリスは、こう言いながら息を引き取りました。

「ずっとバイオリンを弾いて、唄って、自由に生きられた。とても素敵な一生だったな。もう思い残すことなんて、何ひとつない。ああ、楽しかったな」

星の砂

3月下旬の日曜日、中学3年生の太郎君は、沖縄県・竹富島《たけとみじま》のカイジ浜にやってきました。ここに来ることは、小学校時代からの太郎君の夢でした。

小学校6年生のとき、太郎君は少年漫画誌の巻末特集で、竹富島の海岸が、星の形をした砂で埋め尽くされているという記事を読んだのです。しかも、その砂を持っていると、幸せになれるという伝説も、記事には書かれていました。

「星の形をした砂で埋め尽くされた海岸って、どんなふうになっているのだろう。その砂を持っているだけで幸せになれるのだったら、たくさん集めて、家族や親せきや友だちに分けてあげよう」

しかし、竹富島はとても遠いところにあります。

お小遣いをすべて貯金し、そしてこっそりアルバイトもして、ようやく旅費が貯まったのは、中学校の終業式の日でした。

羽田空港を飛び立ってから3時間、飛行機の窓の下に、沖縄の海と砂浜が広がってきました。

「なんてきれいなんだろう」

太郎君は、この世のものとは思えないほど透き通ったエメラルドグリーンの海とまぶしいほど輝く白い砂浜に目を奪われました。

太郎君を乗せた飛行機は那覇空港に滑り込んでいきました。

本当はこの島でも、行きたい場所はいくつもあったのですが、そんな時間はありません。石垣島行きの離島便がすぐに飛び立つからです。太郎君は、東京から乗った飛行機よりも、はるかに小さな飛行機に乗り換えて、石垣島に向かいました。

朝一番で東京を出発したのに、石垣島に着いたのは、もう夕方になっていました。

竹富島行きのフェリーはもうありません。太郎君ははやる心を抑えながら、ホテルで一泊しました。

翌日、石垣の空は、雲ひとつない晴天で、海も凪《な》いでいました。

太郎君を乗せたフェリーは、これまでの長い旅からくらべるとあっけないくらい短い時間で竹富島に着きました。

フェリー乗り場からカイジ浜までは、バスで10分ほどの距離でした。

バス停から熱帯植物の林を抜けると、そこに白い砂浜が広がっていました。目の前に、

星の砂のビーチが広がっているのです。太郎君は走り出しました。

波打ち際にたどり着いて、さっそく両手にいっぱいの砂を掬《すく》った太郎君は、満面の笑顔でした。

ところが、その笑顔は、見る間に曇っていきました。手の中にある砂は、珊瑚礁や貝のくだけた白い砂なのですが、その中に星の砂はなかったのです。

「違う場所なのかな」

太郎君は、波打ち際を歩き始めました。そして、10歩進むごとに、砂を掬ってたしかめますが、星の砂は入っていません。

海岸には「星砂の浜」という看板が

ありますし、バスの運転手さんにも聞いたので、場所を間違えたわけではありません。

太郎君は砂を掘ってみました。深いところに星の砂があるかと思ったのです。

掘っても掘っても、星の砂は出てきませんでした。

太郎君は焦りました。

竹富島にいられるのは、夕方までです。そのときまでに星の砂を見つけないと、いままで4年間の努力が水の泡になってしまうのです。

でも、いくら探しても星の砂は見つかりませんでした。

太郎君は途方に暮れました。

呆然と立ちつくす太郎君の横を一人の女の子が通りかかりました。

波打ち際を散歩していた地元の小学6年生の真由ちゃんでした。

「何してるの？」

「星の砂を探しているんだけど、見つからないんだ」

「どうやって取っているの？」

「手で掬っているだけだよ」

「そんなんじゃ駄目だよ。岩の近くの砂にそっと手のひらを押し当てるんだ。そして、そっと手を裏返すと、そこに星の砂はついてくるんだ」

そう言って、真由ちゃんは歩いていってしまいました。

太郎君はさっそく手のひらを砂に押し当てました。今度こそ星の砂が見つかると確信したのです。

ところが、また太郎君の顔が曇りました。手のひらに砂はつくのですが、どの砂粒を見ても、一粒も星の砂はなかったのです。

「だまされた。都会から来たと思って、からかったんだな。あんなにかわいいのになんてひどい娘《こ》なんだ」

太郎君の胸にむなしい気持ちが広がっていきました。

それでも、太郎君はあきらめきれませんでした。

手のひらに砂をつけては、それを眺める。それを何十回、何百回も繰り返したのです。

そのとき、散歩から戻ってきた真由ちゃんが太郎君の横を通りかかりました。

「キミの言うとおりにしたけど、星の砂なんてないじゃないか」

太郎君は、語気を強めて真由ちゃんに話しかけました。

「そうなの？」

悪びれる様子もなく、真由ちゃんは太郎君に近づいてきました。

太郎君は、砂粒のついた手のひらを差し出しました。

「星の砂なんてないだろう」

……。

「たくさん、あるじゃない。ほら。これも。これも」

太郎君は、真由ちゃんが指さす場所を見つめました。

星の砂はたしかにそこにありました。

太郎君は思いこんでいたのです。

星の砂というのは、真っ白で、大きくて、輝いているものだと。ところが、本物の星の砂は、くすんでいて、小さくて、地味なものでした。

「ねぇ、たくさんあるでしょ」

そう言って真由ちゃんは、家に向かって歩いていってしまいました。

星の砂がどんなものかわかると、突然手のひらの風景が変わりました。

一度、手のひらを砂浜に押し当てると、4つも5つも星の砂が見つかるようになったのです。

太郎君は、夢中で星の砂を集めました。

どんどん星の砂は集まります。2時間もそうしていたでしょうか。太郎君の持っていた小瓶は星の砂で埋まりました。

そこで、ようやく太郎君はわれに返りました。

「もう十分だ」。そう思ったのです。

そう思って、目を上げると、目の前には、これまでに見たこともない、限りなく透明な海が広がっていました。真っ青な空、きらめく水面、肌を通りすぎる心地よい海風。

太郎君は、フェリーがなくなってしまうことも忘れて、日が落ちるまで、ずっと、ずっと海を見つめていました。

イワシとシャチ

「なぜ、そんなに窮屈に群れを作って泳いでいるんだい」

1匹のイワシが、群れを作って泳ぐイワシに聞きました。

「ボクらは弱い生き物だからね。バラバラに泳いでいたら、すぐに天敵に食われてしまうんだよ」

「でも、周りに気を使って、群れで泳いでいたら、自由に行きたいところに行けないし、好きなものも食べられないじゃないか」

「そんなことより、生き残ることのほうが大切なんだ」

そこにシャチの家族がやってきました。

シャチの家族は円形にイワシの群れを取り囲み、徐々に円周を狭めていきました。

イワシの群れはパニックに陥りました。

さらに間隔を詰められると、イワシの群れはベイトボールと呼ばれる塊を作って、上下左右に迷走します。シャチが狙っていたとおりの展開です。

バク!!

シャチの家族がベイトボールに襲いかかり、イワシの群れはあっという間にシャチの家族の胃袋に飲み込まれていきました。

その様子を傍らで見ていた単独行動のイワシがシャチに話しかけました。

「いつもそんな狩りをしているの?」

「そうだね。いつもだよ」
「ボクもイワシなんだけど、なぜボクのことは食べないんだい？」
「1匹だけ食べてもお腹の足しにはならないし、キミはなんだか見た目が汚くて、食欲が湧かないんだよね」
はぐれイワシは、その後も自由に海を泳ぎまわり、天寿を全うして、ひとりで死んでいきました。

【初出一覧】

ヒツジ飼いの少年とオオカミ／『消費税は下げられる！』角川新書（改）
お代官さまと農民／『増税地獄』角川新書（改）
曜変天目茶碗／『なぜ日本だけが成長できないのか』角川新書（改）
新版 アリとキリギリス／『長生き地獄』角川新書（改）
星の砂／『雇用破壊』角川新書（改）
イワシとシャチ／書き下ろし

農業ほど知的な仕事はない

静岡県の川勝平太知事が2024年4月1日、県庁職員への訓示のなかで次のように述べた。

「県庁というのは、別の言葉でいうと、シンクタンクです。毎日毎日野菜を売ったり、あるいは牛の世話をしたりとか、あるいは物を作ったりとかということと違って、基本的に、皆さま方は頭脳、知性の高い方たちです」

この発言に対して、「職業差別だ」「職業に貴賤はない」といった世間からの非難が殺到し、川勝知事は発言を撤回するとともに、辞意表明を余儀なくされた。

たしかに世間の反応は当然のことなのだが、私の受け止めは違っていた。

「この人は農業をやったことがないんだな」

私はそう思ったのだ。実際にやっていれば、農業がいかに知的な仕事かということが自ずとわかるはずだからだ。

新型コロナウイルス感染が広がった2020年、厳しい行動制限のなかで、私も多くの仕事がキャンセルになったり、リモートワークに変わった。そのため自由になる時間が大幅に増えた。一方、それまで毎週のように通っていた群馬県昭和村の体験農業も感染予防のために参加できなくなった。

新型コロナがいつ落ち着くのか見通しがつかない。そこで私は「一人社会実験」に取り組むことにした。

それは、どれくらいの面積の畑をやれば、家族が食べられるだけの野菜を自給できるのかということだ。何冊も本を読んだのだが、どこにもその答えは書いていなかった。

妻が家のすぐ近くの農家に頼み込んで、とりあえず1アール（100平米）の耕作放棄地を借りてきてくれた。それを鍬一本で耕して、土を作ることから私の一人農業が始まった。

トマト、ミニトマト、ナス、シシトウ、ピーマン、キュウリ、レタス、キャベツ、ネギ、タマネギ、ジャガイモ、サツマイモ、オオバ、スナップエンドウ、トウモロコシなど、植え付けた野菜の種類はどんどん増えていき、20種類を超えた。そして、調子に乗った私は、スイカやイチゴ、そしてメロンにまで作物を広げていった。

人間は欲深いもので、2年目からは面積を倍増して2アールの畑をやることになった。そして、3年間の経験でわかったことは、1アールもあれば、家族が食べる分は十分自給ができるということだ。それと同時に痛感したのは農業がいかに難しいかということだった。

大自然が相手だから、絶対に思うようにはならない。雨が襲い、風が襲い、病気が襲ってくる。虫や鳥や動物も襲ってくる。それらと闘うために、柔軟に作戦を変更し、作物を守っていく。

スイカの栽培を始めた初年度、収穫直前のスイカが軒並みカラスにやられた。カラスはスイカが熟《う》れる時期を正確に判断して、収穫直前にクチバシで突いて、食べてしまったのだ。

私は、カラス対策として、スイカひとつずつにU字型の園芸支柱をクロス掛けにして、そこに網を張り、クリップで止めた。それ以降、被害は止まったのだが、翌年、またカラスにやられた。網の下から頭部を突っ込んできて、なかに入られてしまったのだ。それ以降、どんどん進化するカラスとの知恵くらべが続いている。

そうしたさまざまな努力を重ねても、私の技術力不足もあって、予定どおり収穫に結びつけることができる確率は5割程度でしかない。しかしだからこそ、無事収穫に至ったときの喜びは何にも代えがたいほど大きいのだ。

じつは、私がいま耕作している畑は全体では1ヘクタールくらいあって、その一部を7〜8人のメンバーで分担している。大部分が定年後のサラリーマンだ。彼らに「なぜ農業をしているの」と聞くと、帰ってくる答えは「だって楽しいじゃないか」という。

いま大都市で広がっている仕事は、コンピュータの指令の下、マニュアルどおりに働く「ブルシット・ジョブ」だ。それらの仕事と農業のどちらがより知的で、どちらがより人間的かは、議論の余地がないのではないか。

農業には厳しい結果責任がともなう。いくら頑張っても自然に翻弄されてしまう。しかし、その自然と付き合う手段は、すべて自分で選択できる。

どのように土を作るか、なんのタネや苗を植えるか、支柱をどう立てるか、芽掻《めか》きをどうするのか、追肥《ついひ》をどうするのか、虫や動物対策をどうするかなど、自ら考え、実行することは無数にある。つまり、農業こそ、「自由と自己責任」の仕事といえるのだ。そして、農業は、コミュニティの場でもある。

所沢の自宅そばの畑にて。植え付けた野菜は20種類を超える

２０２３年11月にがんの宣告を受けたあと、度重なる検査や体調不良の結果、私はまったく畑に出られなくなってしまった。

雑草が生い茂り、地主の農家に顔向けができないと心配していたのだが、畑仲間が草を刈り、耕運機をかけてくれた。

そして、２０２４年の早春、私が農作業に出られない状態が続くなか、仲間が畑に畝《うね》を立て、冬越しの栽培が必要なスナップエンドウの苗を植えてくれた。さらにゴールデンウィークのころには、トマトやキュウリ、スイカなどの苗も植えてくれたのだ。

私は千葉県印西《いんざい》市のハルディンという会社から、野菜の苗を送ってもらっている。私はビニールハウスを持っていないので、どんなに頑張っても、プロの苗農家にはかなわない。ハルディンの苗はとてつもなく優秀で、ミニトマトのシュガープラム、ミラクルリッチという品種は、スーパーマーケットで買うミニトマトとは異次元の甘みとうま味を持っている。収穫の時期も長いので、夏以降、冬の入り口までは、毎朝、収穫が楽しみでならない。

2024年は、そのハルディンの苗を畑仲間たちで分かち合って育てていく予定だ。ただ、私の体力が落ちてしまって2アールの畑を継続することは難しいので、半分の面積を仲間に託した。彼らは快く引き受けてくれた。

私は、いまはびこっている農業の軽視、あるいは無理解は、大部分の都市住民が農業をやったことがないからだと考えている。

最近は、品種改良が進んで、ベランダのプランターで育てられる背丈の低い野菜苗も販売されるようになった。ハルディンからは「プランターで栽培できるサツマイモの苗」が登場した。私は畑があるので、サツマイモをプランターで育てる必要はまったくないのだが、家の庭でやってみようと考えている。多くの国民が自らの食料を生産するために重要な手段となると思うからだ。

「一億総農民化」は、生きがいの確保とともに、食糧安全保障にもつながる。敵基地を攻撃するミサイルを買うより、ずっと効果的な政策ではないかと、私は考えている。

変化した家族との関係

「がんというのは幸せな病気だ」と和田秀樹さんも、小倉智昭さんも言う。突然死することが少なく、人生の幕引きを整える時間を確保することができるからだという。そのとおりだ。

私自身も、がん宣告以来、猛スピードで生前整理を進めてきた。本文にも書いた預金や投資の整理もそうだし、妻が大部分の作業を担ったのだが、私の介護用ベッドを入れるため、わが家の1階の和室を埋めていた荷物を一掃した。家中を占拠していた私の本も少しずつ整理を始めている。

そして、一番大きかった変化は家族との関係だ。

長男の康平が「わが家はずっと母子家庭だった」と言うほど、私は仕事三昧で、家に帰らなかった。それが、がん闘病のなかで、いきなり家ですごす時間が増えた。

一番変化したのは妻との関係だ。

結婚して41年、妻とすごす時間というのはほとんどなかった。がんとの闘いが始まって以降の数カ月のあいだに妻とすごした時間は41年間の夫婦生活のなかですごした時間よりも長いかもしれない。

そのなかで、妻とは初めて新婚生活をすごしているような気分で、毎日がとても楽しい。この人と結婚できて、本当によかったと心から感じている。

一緒にすごす時間が増えるなかで気づいたことは、私と妻の性格が正反対といってもよいくらいに違うということだ。

まず食生活の嗜好が根本的に異なる。私は肉が大好きだが、妻は肉をほとんど食べない。病気のこともあるのかもしれないが、体感温度は私のほうが5℃ほど低い。だから、部屋の温度を妻の適温にすると、私は凍えてしまう。メディアに出ることを極端に嫌う妻とメディアに出たがる私。ありとあらゆる生活スタイルが妻とは異なる。共通しているのは40年前の流行歌を懐かしがることとくらいだ。

ただ、芸能人同士で結婚したカップルに聞くと、「1つの家に出役は2人要らない」のだという。だから、ライフスタイルが異なっているほうが案外うまくいくのかもしれない。

実際、ライフスタイルの違いを乗り越える知恵はずいぶん進んだ。

たとえば、夕食の際には小さなお鍋を2つ用意して、妻は野菜鍋、私はすき焼きを食べている。寝る部屋は、妻と私で完全に分けた。テレビも私が見るテレビをリビング用とは別に購入した。

そうした違いがあっても、妻は献身的に私を支え続けてくれている。何しろ、いまの私は要介護3の状態だ。

着替えをするのも長い時間をかければ可能だが、そんな時間はないのでほぼすべて妻が着替えさせてくれている。

どこに行くのも、妻の運転するクルマでの移動だ。朝起きてから寝るまで、妻の手伝いがなかったら、何一つできないのが現状だ。

そして、子どもたちとの関係も大きく変化した。東京の病院への入退院の際にクルマで送迎してくれたのは次男だったし、長男も次男も心配して、ちょくちょくわが家を訪ねてくるようになった。

そして、もっとも大きな変化は仕事だ。

康平は私の突然の病欠を穴埋めするためにテレビやラジオ、講演などを引き継いでくれた。そのときの活躍が評価されて、現状、メディアへの露出は、私よりも1ケタ多くなっている。私の経済関係の仕事はもう康平にまかせてよさそうだ。

IT技術者をしている次男は、私のオタク心を理解してくれている。だからB宝館は、次男にまかせれば、大丈夫だと考えている。すでに得意の技術を生かして、B宝館のホームページの大改革を進めており、2024年5月からは開館日の店頭にも立つ予定だ。

私は、子育てにはほとんど関与していないが、子育てはうまくいったと思っている。もちろん妻の貢献は大きいのだが、もうひとつ、子どもは親の背中を見て育つものなのだ。

父の信条

毎日新聞の外信部記者をしていた私の父もほとんど家に帰ってこない人だったが、その生きざまは私に大きな影響を与えた。

いまでも鮮明に覚えているのは、父がスイスのジュネーブ支局長をしていたときのことだ。

当時の新聞は、日曜日になると、大きなカラー写真とともに世界の名所旧跡を紹介していた。そのカラー写真のなかに現地の子どもたちが遊ぶ姿を取り入れることを初めてやったのが父だった。

ある日、スイスの首都ベルンの時計塔を新聞で紹介することが決まった。ジュネーブとベルンは130キロほど離れていて、いまでは高速鉄道を使って2時間ほどで移動できるのだが、父は愛車のフォルクスワーゲンを駆って、4時間ほどかけてベルンに向かった。そこに私たち家族も同行することになった。

時計塔の前の広場に三脚を立てて、父はシャッターチャンスを待ち続けた。私たちは周囲の観光に出かけ、夕方に広場に戻ってきた。私は父に聞いた。

「いい写真は撮れた？」

父はひと言、「今日はシャッターチャンスがなかったね」。

翌週また4時間かけて出直しだ。

ジュネーブ勤務の前は、オーストリアのウィーンだったから、当時の私はドイツ語も話せた。だから、たとえば私を現地の子どもと遊ばせて、私が画面から外れたところでシャッターを切れば、現地の子どもの自然な姿は撮れたはずだ。

そうすれば、仕事は簡単に終わる。ただ、父は絶対にやらせをしなかった。それが父の信条だった。

一度ウソをつくと、それが小さなものであっても、ウソを守るためにウソを重ねないといけなくなる。やがてそのことでがんじがらめに縛られてしまう。

私もやりたいことをして、言いたいことを言っているが、ひとつだけ守っているのはウソをつかないことだ。

その信条は長男や次男にも受け継がれていると思う。だから、息子たちとほとんど交流がない人生だったが、がんをきっかけに、絆はしっかりと復活したのだと思う。

2024年4月7日、家族が埼玉県所沢市の狭山湖に集まって花見をした。

家族での花見は人生初だ。

「サクラが咲くのを見ることはできないと思いますよ」と医師から言われてから、5カ月が経っていた。

満開の一瞬終えた花びらが　最後の力で　湖面漂う

あとがき

これまでずっと書いてきて、おわかりいただけただろうか。私がお伝えしたかったのは、私の場合、人生でやり残したことがほとんどないということだ。

これまでの仕事で遊んで、遊んで、遊びつくして、やりたいことはすべてやってきた。だから、朝から晩まで、泥んこになって遊んだ子どもと一緒で、十分満たされて、「そろそろ家に帰ろう」と言われたら、すぐに家路につく気分なのだ。

ただ、そのなかで迎える本当に幸福な老後、あるいは人生とはいったいなんだろうか。

2024年の元日に亡くなった山崎元《はじめ》氏が、『経済評論家の父から息子への手紙』（Gakken）という書籍を出版した。

山崎氏は私と大学の同窓生で、三和総研や獨協大学では同僚だったので、よく話をした。ただ、私は彼のことを「合理的経済人」だと思っていた。一流企業ばかり12回も転職を繰り返して、つねにより高い処遇を目指していると考えていたからだ。

ところが、書籍のなかで彼は息子に「金持ちを目指すのではなく、面白いと思える仕事を通じて、必要な程度のお金を稼ぐことができればそれでいい」と言っている。お金がたくさんあっても、幸せにはなれない。それよりずっと大切なことは自分が面白いと思える仕事を続けることだと言うのだ。

私は、サラリーマン時代、24時間操業のモーレツ社員を続けていた。転職は3回だけだが、出向や異動で、職場は10カ所ほど経験した。どの職場にもおバカな上司がいて、理不尽な業務命令を下してきた。顧客にも振り回された。

シンクタンク時代、官僚から「3時から打ち合わせに来い」と言われたので、「もう4時をすぎてますよ」と言ったら、「馬鹿野郎。午前3時から打ち合わせするんだよ」と言われたこともあった。私は、どれほど煮え湯を飲まされても、歯を食いしばって我慢した。子育てにお金が必要だったからだ。

ただ、子どもが成人を迎えたのを機に、私は会社を辞め、同時に、嫌な仕事、金を稼ぐためだけの仕事をすべて排除した。

私は、50歳にして「悠々自適」の生活に入ったことになる。実際、それ以降、私が抱えるストレスはケタ違いに減った。

また、65歳を迎えて、年金をもらえるようになったことから、私は自らに課していた最低限の言論規制も取り払った。どんなに仕事を干されても、年金だけで生活が続けられると確信したからだ。

もちろんそうした暮らしを実現するためには重要な条件がある。それは、生活コストを下げることだ。

幸か不幸か、私は都心を離れたトカイナカに家を建てた。物価は安いし、大都市のようなエンターテイメントもないので生活コストは半分くらいになる。それだけで、無理をしてお金を稼ぐ必要がなくなるのだ。

一方、大都市の高コストな暮らしを続けようと思うと、どうしても定年後も働き続けることが必要になる。しかも楽しい仕事ほどお金にならないというのが世のなかの大原則だから、お金を稼ぐためには、ストレスの多い、嫌いな仕事を選ばざるをえなくなるのだ。それを避けたいから、今度は、お金を増やそうと危険な「投資」という名のギャンブルに手を出してしまうのだ。

富山県に舟橋村《ふなはしむら》という日本一面積の小さな村がある。移住者の増加によって、この

30年間で人口が倍増している。

移住者に人気なのが、村が斡旋《あっせん》してくれるプロの農家のサポートがついた小さな農地の貸し出しと、分不相応なほどの巨大な図書館だ。晴れた日には、畑に出かけて、汗を流す。雨の日には、図書館で本を読みふける。まさに晴耕雨読の暮らしだ。

誰も理不尽な命令をしてこないし、どんな作物をどのようなやり方で育てるのかはすべて自由だ。もちろん、どんな本を読むのかも自分で選べる。それ以上に必要なものが人生にあるのだろうか。

山崎元氏の12回の転職も、いまから考えると、その終盤では、彼の自由な活動を認めてくれる会社へと転職先が変化している。つまり、山崎氏は高報酬を求めて転職をしたのではなく、自由を求めて転職をしたのだ。

いま私は、とても幸福だ。お金を稼ぐことに気をとられずに、自由な論説を展開しているからだ。

２０２３年に出版した『ザイム真理教』は大ヒットしたにもかかわらず、大手メディアから無視され、私は大手テレビ局の報道・情報番組のレギュラーをすべて失った。３月に出版された『書いてはいけない』も、大手メディアは完全無視のスタンスを取り続けている。とくに日本航空123便の撃墜事件に関しては、どこも取り上げてくれない。

それでも、私は幸せだ。お金を稼ぐことや、テレビに出続けることよりも、本当のことを自由に言い続けることのほうがずっと面白くて、ずっと大切だと考えているからだ。

人生の最後をどうすごしたいのか。それを考えるうえで、とても興味深かった書籍がある。

『108年の幸せな孤独――キューバ最後の日本人移民、島津三一郎』（中野健太著、KADOKAWA）という本だ。

キューバに移住した最初の日本人について書かれたノンフィクションなのだが、キューバ革命、冷戦、国交回復など、キューバが激動の時代を重ねるなかでも、主人公の島津は一度も日本に帰国せず、波乱万丈の人生を送る。そして、島津は孤高の人生の最期をキューバの老人施設で迎える。支援者たちに囲まれた島津は美味《うま》そうにたばこを吸いながら、この世を去っていくのだ。

私のイメージする人生の最期はそれと同じだ。

たばこに火をつけて、肺細胞の一つ一つで紫煙を味わったあと、ひと言こう言って、息を引き取るのだ。

「今日も元気だ。たばこが美味い」

森永卓郎◉もりなが・たくろう
1957年、東京都生まれ。経済アナリスト、獨協大学経済学部教授。1980年、東京大学経済学部を卒業後、日本専売公社（現・JT）に入社。予算を握る大蔵省（現・財務省）の「奴隷」だった経験をもとに、カルト化する財務省を描いた『ザイム真理教』がベストセラーに。続けざまに、四半世紀のメディア活動で見聞きした〝3つのタブー〟に斬り込んだ『書いてはいけない』が20万部を超えるヒット。前作執筆渦中に受けた「ステージ4」のがん告知からの顛末と死生観を記したのが本書である。

がん闘病日記

二〇二四年　七月　一日　初版発行

著　者　森永卓郎
発行者　中野長武
発行所　株式会社三《さん》五《ご》館《かん》シンシャ
〒101-0052
東京都千代田区神田小川町2-8　進盛ビル5F
電話　03-6674-8710
http://www.sangokan.com/
発　売　フォレスト出版株式会社
〒162-0824
東京都新宿区揚場町2-18　白宝ビル7F
電話　03-5229-5750
https://www.forestpub.co.jp/
印刷・製本　モリモト印刷株式会社

ISBN978-4-86680-938-0
＊本書の内容に関するお問い合わせは発行元の三五館シンシャへお願いいたします。
定価はカバーに表示してあります。
乱丁・落丁本は小社負担にてお取り替えいたします。

24万部突破

書いてはいけない

日本経済墜落の真相

2023年12月、ステージ4のがん告知を受けた。

「命あるうち、この本を完成させ、世に問いたい」

その瞬間、私はそれだけを考えた。

森永卓郎

もくじ

定価：1650円（税込）